W0067317

VERLAG
ROBERTO & PHILIPPO

ANDREA SCHIRNACK

ZauberFrau & SonnenMann

Jetzt erinnern wir uns,
wie das Lieben gemeint war

VERLAG
ROBERTO & PHILIPPO

ISBN: 978-3-942581-06-6
Druck: Westermann Druck, Zwickau
Redaktion: Robert Betz, Cornelia Hempfling und Manuela Zinner
Umschlaggestaltung: Ulrike Bürger, Wörthsee
Illustrationen: Barbara Gerodimou

1. Auflage 2010
© 2010, Verlag Roberto & Philippo, München

Für Robert,
einem SonnenMann

ÜBER
ANDREA SCHIRNACK

Andrea Schirnack, geboren in Erlangen, Studium Diplom-Journalistik, begann ihren Weg im Feuilleton-Teil einer Lokalzeitung. Anschließend arbeitete sie als Redakteurin und Moderatorin im Hörfunk und beim Fernsehen. Sie moderierte eine Radio-Sendung auf Bayern 3 und die Abendschau im Bayerischen Fernsehen. Beim Münchner Privat-Sender Tele 5 leitete sie die Redaktion eines Fernseh-Magazins, beim Berliner Nachrichtensender NTV präsentierte sie das Programm.

In diesen Zeiten des Sprechens von redaktionellen Texten begann der innere und bald der äußere Weg, selbst Texte zu formulieren.

Das vorliegende Buch dokumentiert erstmalig die Arbeit der Autorin in einer speziellen, in dieser Weise neuartigen und gleichzeitig bekannten Sprache.

Seit mehr als 10 Jahren begleitet sie den immer bekannter werdenden Psychologen und spirituellen Lehrer Robert Betz auf seinem Weg und arbeitet mit ihm innerhalb seiner Seminare und Buchprojekte erfolgreich zusammen.

Seit Herbst 2010 lebt und arbeitet sie in Aschau im Chiemgau im eigenen Seminarhaus und bildet Menschen aus, unter dem Titel „Der Weg in das eigene Wissen". Sie bietet Urlaubsseminare zum Thema Medialität im Chiemgau und auf der griechischen Insel Lesbos an.

Informationen über das Kursangebot und Buchung bitte über das Büro Robert Betz, Sonnenstraße 1, 80331 München und unter www.robert-betz.de

Termine, Information über die Arbeit und Kontakt über das Büro ZauberWort, 83229 Aschau im Chiemgau, Grünwald 3, Tel: 08052-9540-888 und unter www.das-zauberwort.de

MEIN DANK

meiner Mutter, die die Liebe kennt
meinem Vater, dessen Sonne um mich scheint
Dirk, dem ersten SonnenMann in meinem Leben
Martin, Übersetzer in den Welten
Conny, diese Zeit ist reich beschenkt durch dich
Claudia, Christin und allen EngelWesen in meinem Leben,
mit euch ist zaubern möglich

an die Liebe und an die, die mit ihr sind –
dies hier geschieht mit euch und durch „der Herzen Tat".

AN BARBARA GERODIMOU

In meinem Zimmer im Alma Hotel auf Lesbos hing ein Bild, das mir vom ersten Moment an das Gefühl gab, mich zu erinnern und zu Hause zu sein. Darauf war eine Frau, in einen goldenen Stoff gehüllt, die Perlen vom Strand aufhob.
Ein Jahr später entstand dieses Buch und wir fragten uns zu der Malerin dieses Bildes durch. Es war die griechische Künstlerin Barbara Gerodimou, die in Athen lebt. Sie und ihre Tochter waren sehr kooperativ und stellten uns gerne die Bilder zur Verfügung, die wir nun in dem Buch verwenden dürfen. Innig und zärtlich sind „ZauberFrau und SonnenMann" miteinander verbunden. Das goldene Licht strahlt sie an, das von weit her kommt und so viel Nähe vermittelt.

So liebt die Liebe.

Danke an Barbara Gerodimou, deren Blick den Blick der Liebe kennt.

Andrea Schirnack

Aschau i. Ch. Oktober 2010

Barbara Gerodimou wurde 1959 geboren. 1977 begann sie ein Studium an der technischen Hochschule in Breslau, Polen. Nach einem Jahr unterbrach sie ihr Studium und machte eine 3-jährige Ausbildung zur Goldschmiedin. Es folgte eine kurze Zusammenarbeit mit verschiedenen Athener Goldschmieden und sie beschloss sich nur noch auf die Malerei zu konzentrieren. Die letzten Jahre arbeitet sie in ihrem Atelier in Nea Makri, Griechenland.

INHALT

9

III ZauberFrau und SonnenMann

VORWORT

Liebe Leserin, lieber Leser,

mit diesem Buch halten Sie ein kleines Juwel in der Hand, das seine Kräfte entfalten wird, wenn Sie sich dem Zauber der Bilder über die Frau, den Mann und die Liebe zwischen ihnen öffnen. Dieses Buch ist eine Liebeserklärung an die Liebe selbst, die in diesen bewegenden Jahren die Mauern aufbricht, die wir um unsere Herzen gebaut haben.

Die Frau-Mann-Beziehung ist bei den meisten Paaren erstarrt und erstickt an der Sehnsucht der bedürftigen Kinder in uns, die sich nach Liebe und Bestätigung vom Partner sehnen, ohne dass sie sich selbst lieben und wertschätzen. Durch die unwahren Vorstellungen über Beziehung, Partnerschaft und Liebe, die uns die „Romantische Liebe" in Filmen, Romanen und Liedern seit vielen Jahrzehnten suggeriert, haben wir uns unendliche Enttäuschungen und Verletzungen erschaffen, die jetzt korrigiert und geheilt werden wollen.

Daher ist dieses Buch nicht nur ein Buch, wodurch sich das Herz wieder öffnet und Morgenluft wittert, es ist zugleich ein Buch der Heilung der Wunden, die wir uns selbst in Beziehungen zugefügt haben. Es zeigt den Weg auf, den die Frau-Mann-Beziehung in der jetzt beginnenden neuen Ära der Menschheit gehen wird, zu ihrem Ursprung zurück, zur wahren Liebe, die frei lässt. Die Liebe ist ohne Freiheit nicht denkbar, auch wenn sich bei vielen noch Ängste regen und Fragen stellen. Das darf sein und sie wollen durch die Liebe beantwortet werden.

Frau und Mann kamen aus dem Göttlichen, der Liebe selbst, auf die Erde, um sie hierher zu bringen und sie zu verwirklichen. Wie groß, wie schön, ja wie göttlich die Liebe zwischen Frau und Mann ist und in Zukunft wieder gelebt werden wird, davon gibt uns dieses Buch eine Ahnung.

Ich danke Andrea Schirnack, mit der ich seit weit über zehn Jahren eng zusammenarbeite, für dieses Geschenk an die Menschheit. Möge es Ihr Herz bewegen und Ihren Geist öffnen für den großen Schatz, den Frau und Mann in sich tragen.

Robert Betz

ZauberFrau

VON DER FRAU

Seht, wenn der See nach etwas sucht, findet er sich selbst. Wenn der Bach fließt, belauscht er sein eigenes Lied und wenn die Welle wogt, dann in sich, dann in das Meer. So ist die Frau, wie Welle, Bach und Meer, so war sie, so wird sie sein.

Treibt auf die Erde eine neue Gelassenheit zu, ein Ankommen im Angekommen-Sein, dann über das Gleichnis der Frau. Lebt die Frau in ihrem eigenen Strömen und ist sie mit dem Strömen des Außen in Verbindung, dann ist das Kapitel des Stockens und Stolperns in dem Buch der Erde beendet und in das nächste gewendet.

Damit wird die Fabel umgeschrieben von der Frau, die durch ihre Tage hastet, umlaufend den Mann und die Kinder, damit er bleibe und es jenen wohl ergehe. Diese Frau sagte, ich muss mich zeigen, ich muss mich und die Erdendinge erläutern, ich muss mich mühen und mich betonen. Da geht ihr der Atem eines Tages aus und das eigene Bild zerfällt in der Verzerrung des bemühten So-Seins.

So lasset diese Form getrost in Scherben zerschellen, Frauen des Liebens. Nehmt das neue Glas und stellt eure frische Wurzel hinein, und sagt in euch: das Wasser will nichts anderes sein, als es selbst. Es läuft sich nicht selbst nach, es läuft sich nicht fort. Es fließt, aber es fließt niemandem hinterher. Das Wasser müht sich nicht, nass zu sein. Es ist was es ist. Das ist das reine Bildnis von der Frau.

Da habt ihr euch selbst eine Unabhängigkeit geschenkt in dieser Sekunde schon. Im Beispiel des Wassers ist eine Erfahrbarkeit von euch, Frauen der Erde. Hier ist die Rückholung eu-

rer Ehrbarkeit und das Gedächtnis des euch selbst Lieben-Können-
nens zurückgekehrt, so wie es euch erblich gebührt.

Und so vehement wie ihr das Gewand des Bleibens und Seins
einst von euch warft, so behende zieht ihr sie jetzt wieder um
euch, die edlen Tücher eurer stolzen Erdenschönheit. Das reine Elixier Leben, erfahrbar als Gelassenheit, Lebenston und Flie-
ßen, ist in euch.

Seht einen Milchkrug, in dem der Rührbesen arbeitet. Dieser Vorgang in den Küchen steht sinnhaft für eure Lebensenergie.
Aus der Milch entsteht Rahm. Ihr seid die Milch in diesem Symbol, in euch legt sich die Bewegung „Leben", hat das längst getan.

Ihr fragt oftmals, Frauen der Hohen Liebe, nach dem nächsten Schritt in eurem Leben. Das ist er. Diesem Rührwerk in euch
die vollkommene Anerkennung zu schenken und dann dieser
Wandlungspersönlichkeit in euch, „der Sahne" dann euren Tag
wissend anzuvertrauen. Das ist die Wahrheit, die verfügbar und
bereit in euch ruht.

Diese formbare Sahne ist ein Teil in euch und gleichsam eine
sich gebende, zirkulierende Frequenz im Außen. Diese Wand-
lungsenergie ist eine Kutsche voller Begebenheiten, die täglich
euren Weg passiert.

Nehmt davon und nehmt von euch. Seid wach für die Impulse und Geschenke, die sich sogleich an euch schmiegen und
eure Tage säumen.

Nehmt diese Sahne, diese Frau-Energie und fügt sie auf das
Kuchenstück der festlichen Tafel des eigenen Geburtstages in
dieser sich wendenden Zeit.

VON DEM WISSEN DER FRAU

Seht die Frau, die Muscheln und Steine am Strand sucht. Zu Hause angekommen, verarbeitet sie den gesammelten Schatz zu Schmuck. Das Meer, einst in sein Ganzes gerufen, bäumt sich, teilt sein Vermächtnis und wirft Stücke an den Strand und in ihre Hand.

Das Weibliche trägt die Perle am Herzen als Vermächtnis, sich und andere erinnernd an den Ton des unvergänglich rauschenden Meeres. So fördert sie in die Straßen, durch die sie geht, ihr Wissen vom mächtigen Klang des Ganz-Seins und vom Klingen der Teile und Teilchen. Kristallenes am Hals der Frau getragen, dient und erweist sich ihrem Wissen vom Eins-Sein, vom Anwachsen, Gehen und Geben.

So zeigt sich im Tragen des Schmuckstückes, dass das Gesetz der Erde auch das Gesetz der Frau ist. Die Erde lässt wachsen und zerschellt ihr Werk. Der Apfel wächst im Ton der Winde, hart zunächst, um dann seinem lehmigen Untergrund gleich zu werden, weich und ergeben. Die Frau lässt die Dinge in ihrer Hand wachsen und zerteilt sie dann. Sie backt das Brot und zerschneidet es. Auch die Lust des Mannes bindet sie in ihre Hand, ihn bereit machend, seinen Samen zu verteilen.

Die Frau tut, was die Erde tut. Die Erde gibt allem die trunkene Ewigkeit, nährend und emporkommend, bereits gemischt mit der folgenden Vergänglichkeit.

Die rote Kirsche ist verlockend süß, ein Machwerk von stetig erotisierendem Leben. Doch schon die erste Berührung der Zunge bedeutet die vergehende Dauer der Frucht und den Zerfall in Saft und Kern.

Und wie die Erde das Wachsen gebietet und sogleich sein Verwerfen, so ist die Frau gemacht. Die Erde trägt die Gleichzeitigkeit von Binden und Auflösen, von Wachsen und Gehen in sich.

Das ist euer Wissen, das Glitzern der Erdenfrau, vererbt in Gebinde auf warmer Haut! Durch euren Hals und Schoss tragt ihr den Gedanken der Erde weiter zu ihrem strebenden Selbst-Sein. Ihr gebt das Kind in euren Tag und sendet es, nunmehr heranwachsend, in seinen eigenen Tag.

Ihr seht das Werk und lasst es ziehen. Ihr gebt der Zeit in der Erde die Erinnerung an sich selbst zurück. Durch euch weiß das Erdengeschehen und das Menschengeschehen, dass nichts vergeht, sondern alles ist und sein wird, stets angefüllt mit höchster Lust zur Veränderung.

Die Frau wendet sich zum Meer mit weitem, ewigem Blick.

Dann entnimmt sie mit einem Becher das Wasser und verwirft das Meer, indem sie das Salz zum Trocknen gibt für die folgende Speise. So vereint sie das sich immerwährend Schaffende mit dem stetig Vergänglichen.

Sie malt, ihren glänzenden Schmuck tragend, die hohe Anmut vom gleichzeitigen treuen Bleiben und höchster Wandlung in die Erde hinein.

VON DER ZUHÖRENDEN

Seht die Hure in der Straße, die ihre Dienste anbietet. Sie steht zwischen den starrenden Augen und harrt des Freiers. Sie tut das im Hohn der Gierenden nach Liebe und als deren Rettung zugleich. Wisst aber: in ihren feuchten Schenkeln verwahrt sie das Weib des Gestern und des künftigen Morgen.

Die Hure ist bereitet für die höchste Zunft des Liebens, denn sie dient dem Bett, das nach ihr kommt. Sie dient dem Mann, den sie leise und ohne Zögern aus der Herberge ihres warmen Saatfeldes entlässt. Und sie dient der Frau nach ihr, obschon deren Spott und die geringe Wertschätzung sie täglich drischt.

Frauen, die Huren am Rande eurer Stadt, ziehen sich hinter das Glas der Gesellschaft zurück und hinter niedrige Fenster des Werbens – für euch! Sie tun das, um den bereiten Schoss für dieses Weltendrehen zu wahren. Sie halten das Breiten des wahren Weibes in ihren Unterröcken.

Die Hure ist die Zuhörende. Einst hoch angesehen als die, die den Gottes-Dialog des Mannes in sich auffängt und ihn liebend und lauschend erquickt durch ihr wärmendes Verweilen. Die Zuhörende erbaute einst in den gemeinsamen Stunden dem Mann einen Tempel seines Lichtes durch ihr vollkommenes, hingebendes Lauschen und erhielt dafür reichen, voll Achtung gegebenen Lohn.

Und wollt ihr Frauen in den gelebten Ehen auch die Geliebten und die Begehrten des Mannes sein, dann sehet in sein Wort hinein, so wie die Hure es tut. Eröffnet seinen Funken und Ideen Raum in eurem Raum. Sein wahrhaft erlauschtes Wort in eurem Gemüt, bindet seinen Tag in eure Nacht und ist dann auch der Führweg des heißen Samens in euren gemachten Schoß.

Mögen Frauen bald die Beinkleider des Hastens und Nicht-Verweilens in ein unsicheres Morgen ausziehen. Stattdessen seid die Bleibenden im Wandel für eure Söhne, damit diese ihren Weg finden können in das Weltengeschäft. Wollt ihr nicht wieder der Liebe beständig fündig sein, auch an der Seite der Männer? Denn diese sind es, die morgen der fragenden Welt von dem Gut berichten werden, das sie gefunden haben.

Und wollet ihr Frauen nicht jeden Gedanken des Eiferns nach dem scheinbar Besten für eure Töchter aufgeben? Stattdessen zeigt ihnen das Frau-Gut des Inne-Wirkens, damit sie das Singen ihrer Seele in die Stunde ihrer Jungfrau und dann in die Stunde ihres Weibes gießen können.

Ihr vielgeliebten Frauen der Erde. Schaut in das Auge der Hure, das voller Weh ist und Mut. Sie weint nicht um sich, sie weint um euch. Und wenn ihr der Erde euer Gemüt des liebenden, eigenen Achtens wieder zukehrt, dann ist viel des Ankommens geschehen. Denn ihr empfangt nicht nur die Kinder in das Leinen voller Blut. Ihr empfangt auch das Leben selbst und sein beredtes Gesetz, Wort um Wort, Tag um Tag. Das Loblied der Erde und sein Echo vom Berg mögen sich in euren Röcken fangen.

Und die Hure kann zurückkehren in den Dank der Zeitenstunde, denn sie hat gekämpft, ohne zu bekämpfen. Sie hat die Wahrheit der Frau gewahrt, die das Werk des lichtvollen Mannes im weilenden Schoß hält.

VON DER EROTIK DER FRAU

Seht, ihr Frauen habt die Heimat in euch. Ihr tragt in euch das Leben, das ihr gleichsam darbringt. Ihr erobert, doch anders als der Mann, der geht, dadurch erobert und dann bleibt. Ihr Frauen seid und erobert dadurch.

Wisst euch Zuhause, da wo ihr seid.

Die Welt, in die sie kommt, hat die Frau schon bereist. Die Frau hat die Erde, in die sie ihren Körper gibt, feinstofflich schon bewohnt. So wie ihr abends wisst, dass ihr am gleichen Morgen schon in dem warmen Fell und den ruhig duftenden Laken gelegen seid, so wart ihr schon mit euren wissenden Sinnen in der Erde. Ihr habt schon über die Rose gestrichen, bevor sie erblühte und habt ihren Duft schon benannt, bevor sie ihn segnend warf. Das Weibliche ist das Sinnliche, ist das Erotisierende, ist das schon Gesehene in der Erde.

Ihr habt allen Grund, sanftmütig zu sein mit euch und Gestärktheit zu erleben. Ihr erweckt, was wach wird, ihr erlebt, was Leben ist, eure Sinne sind.

Erotisierend ist, Daseiendes zu erwecken – Holz zum wärmenden Knistern zu bringen, einen Raum, Haut, eine Speise mit Duft anzufüllen, etwas Trockenem, Feuchte zu geben. Also ist die Frau wie das Natürlichste der Natur.

Euer angekommenes Bleiben und euer zufriedenes Sein im Tag ist hoffnungsvolles und unschätzbar großes Signal. Es ist zusammenfassendes Energie-Material für so viel Zerteiltes und suchendes Ankommen im jetzigen Menschentum.

Wählt ihr ein Restaurant zum Bleiben, dann benennt ihr das Daseiende mit euch selbst, mit einem Wohlgefühl, mit einem angekommenen Lächeln.

Wenn ihr einen Sitz-Platz einnehmt, dann tut ihr das wieder und die sammelnde Welt nickt euch zu. Ihr seht durch das Fenster auf das Wasser, aus dessen perlender Brust ihr kommt.

Die Frau legt ihre Ankunft in den Raum, so wie sie ihre Tasche voll Leben auf dem Stuhl absetzt. Sie gibt ihren ruhigen Blick, der den Atemwind über dem See anerkennt.

Dieses Innewohnen der Frau ist ein Energie-Ereignis und sodann ein Magnet für Geschehnisse. Beim Kellner bestellt sie die Speise. Dieser nimmt von ihrem Lachen, trägt es zum Koch in die Küche, der das Mahl bereitwillig und gar köstlich anrichtet. Der Restaurant-Chef wiederum entdeckt die munter gewählten Gewürze und die Angehobenheit des Kochwerkes, von dem die anderen Gäste ebenso erfahren. Sodann reicht der kluge Maître der Frau ein Glas des guten Champagners, als Ehrerbietung an ihre Anmut und die Kraft ihrer Anziehung.

So erklärt und wiedergebärt sich die Geste der Achtung des Mannes der Frau gegenüber. Der Kuss auf ihre Hand und Stirn, das Aufhalten der Türe für sie. Denn sie hat ihm vormals die gebende Kraft des Lebens eröffnet, nun ist es an ihm, ihr durch den offenen Wagenschlag den möglichen weiteren Weg zu nennen.

Ihr Frauen setzt das Lieben fort, alleine durch euer Ja. Ihr schenktet einst der Aphrodite, die das Entstehende besingt, die Ankunft. Und nun ladet ihr andere ein in dieses Heim.

Und der Mann, der angezogen ist von der Frau, ihrem Blick und Schoss und dem Schimmer ihrer Vitrinen, geht gestärkt in seinen tätigen Tag, geführt von Erotik, gefüllt von Wissen, dass die Liebe ein Zuhause hat.

Deshalb möget ihr euch erinnern, Frauen dieser Erde, hier ist euer Wohlfühlen schon, das euch einlädt, erneut Platz zu nehmen. Ihr habt Grund, euch umzusehen und zu sagen: „Ja, das hier kenne ich, also halte ich meine liebenden Gebärden an dieses Erdengeschehen". Jede Wohnung in der Welt, die ihr mit eurem sich breitenden Zauber im Blut belebt, ist anziehend.

Die Frau, die sich erinnernd an das Lied der Aphrodite in sich legt, ihre geschwungenen Körper fühlt und ihre Regung empfängt, ist höchstes Ziel des Männlichen im Manne.

Und der Mann kommt und sagt: „Ja, hier ist etwas Bekanntes. Hier kann ich meinen Blick ausruhen, den Kampf ins Gestern legen und mich bereit machen für Bereites".

Jedes Weltenwerk, an dem das weibliche Weilen duftet, steht für höchste Erotik und verkündet die Neuankunft der Liebe im Hain eurer einst erblindeten Straßen.

VON DER KIND-FRAU

Seht, es gibt die Geschichte von dem berühmten Mädchen mit roten Zöpfen, die in den Kinderstuben langer Zeiten schon erzählt wurde. Die Geschichte der Pipi Langstrumpf wurde von den Generationen vorher aufgeschrieben für alle Mädchen und für die späteren Töchter dieser Mädchen.

Und Frauen, es gibt eine uralte Sehnsucht, so zu sein wie Pipi. Sie hat ein Pferd auf der Terrasse und einen Affen im Haus, ist unabhängig, immer fröhlich und weiß jederzeit einen Weg. Diese Sehnsucht ist nahrhaft genauso wie diese Erzählung, die der Anschluss des Mädchens an die Frau ist.

Für Pipi ist jeder Tag ein Spaß, das Haus ist kunterbunt, sie selbst furchtlos, versorgt vom Leben, die Freunde immer da. Da blinkt das Kind auf, das ihr erhalten möget in eure Frau hinein. In der Erzählung lebt die Frau, die das Kind in sich nie vergisst.

Es ist aufschlussreich, dass Pipi keine Mutter hat, aber die Erdenfülle, die ihr alles gibt, was sie braucht und Pipi weiß das. Sie kann zaubern und obwohl sie klein ist wie andere Mädchen in ihrem Alter, ist sie stärker als der stärkste Mann.

Es ist weise aufgeschrieben, dieses Buch von dem lustigen Kind, das keinen Vater hat, jedenfalls keinen, der abends nach der Arbeit nach Hause kommt. Pipis Vater ist König einer Südsee-Insel und der Geld-Schatz, den sie von ihm erhalten hat, ist unerschöpflich. Manchmal hat sie Heimweh nach ihrem großen mächtigen Papa, der im immer sonnigen Taka-Tuka-Land lebt. Das ist ihr Wissen um den Himmels-Vater.

Möge das Gold dieser Geschichte nicht endend den Weg der heranwachsenden Frauen säumen. Denn hier ist niedergeschrieben alle Wahrheit über eure Herkunft und über die Erbfäden, an denen ihr hanget, gesichert und frei gleichsam für den Ausdruck im Leben. Wenn die Eltern der Kindheit euch aus den heimischen Stuben entlassen haben, dann sind die Vorfahren der Pipi zugegen, die ewige Mutter und der glühend geliebte, immer präsente Vater. Diese sind die unsterblichen, lebenslangen Versorger für die Frau und für das Kind in der Frau. Pipi hat kein Alter, sie ist immer Mädchen und auch wiederum nicht. Sie muss nicht in die Schule, weil sie alles schon weiß und auch wiederum nicht. Sie kann das Einmaleins und auch wieder nicht. Das ist das Spiel mit der Kind-Frau in euch, das weiß und doch lernt. Pipi ist die Darstellung von eurem Inneren, das alles kennt und doch munter auf alles Lebendige zuläuft, um es neu und anders zu erfahren.

Und seht, welcher Liebreiz und welche Lust und welcher Lebenserhalt darin stecken.

Möge Pipi euch jung erhalten und euer Wissen und Lachen pflegen. Die Geschichte der Pipi mit den roten Zöpfen ist nicht endend und bringt sich ein in diese und in die weiteren Kinderstuben. Denn dieses Märchen ist kein Kindertraum, der vergeht. Pipi Langstrumpf ist die reale Tochter der Welt.

Ihre Mutter ist die ZauberFrau „Erde" und ihr Vater der SonnenMann aus dem Himmel.

VON DER MUTTER

Seht die Mutter, die ein köstliches Brot am Morgen für das Schulkind bereitet. Sie schneidet die Scheiben vom Laib, dem wogenden Roggenfeld eingedenk und gibt die Stunden, in denen das Kind von nun an von ihr ferne ist, an das Land der Ähren im Wind.

Sie verteilt die Butter auf dem Brot und geht in Gedanken die Biegungen und Pfade nach, die ihr Kind sogleich beschreiten wird. Ihre blickende Träne streicht mit dem Bergwind um den Stein, der den kleinen Fuß zu Fall bringen kann. Sie schenkt das leise geweinte Salz dieser Stunde an den Berg zurück, damit er die Feen rufen möge für weiches Moos, um das Geborene zu stützen, wenn es fällt.

Sie entnimmt tapfer die süße Marmelade aus einem der Gläser und weiß um die Wahl, die das Wesen ihres Leibes hat, eines Tages zu gehen, einem Liebsten zu trauen und den Pfad zu nehmen, den es für sich geeignet hält.

Die Mutter hüllt das Brot in ein Papier, das wiederum in ein Leinentuch, und weiß sich selbst eingewoben in den großen Garten des Lebens, der lichtvoll umfängt.

Und sie erinnert sich wieder an den Moment, als sie das Kind zum ersten Mal in den Armen hielt, soeben empfangen aus dem Meer der Seele in die Zeit.

Frohgemut geht das Kind alsbald in die Straßen der Freunde und Lehrer.

Die Mutter winkt noch bis zur letzten Biegung des Weges und sinkt dann in die eigenen Stunden.

Sie wäscht ihre Augen im Wasser und erlaubt dem Wärmestrom ihr Herz zu berühren mit seiner stillen Munterkeit.

Und der Mutter liebendes Blut ist das haltende Tau der Tage für ihr Kind.

Später ist das Kind in die Welt gewachsen und taucht seine Arme in Ebbe und Flut.

Und die Mutter summt das alte Lied vom Fluss und weiß von der bereit stehenden Liebeskraft, um dem Kind den Hafen benennen zu können, zu dem es gelangen kann. Der Blick der Mutter sieht in den Stränden der Welt die Boote liegen, die ihr Kind willkommen zu heißen bereit sind. Sie weiß um liebende Menschen und die Kraft der Erde, Hanf zu geben für ein neuerliches Seil.

Und der Puls der Erde ist das haltende Tau der Tage für ihr Kind.

Ist das Kind eines Tages erwachsen und kommt nach Hause, um Atem zu holen von der Wildheit der Wogen und den Gebirgsverläufen des Lebens, dann streicht die Mutter bedächtig das Brot, so wie sie es früher tat.

Und geht das Herangewachsene wieder und gibt einem neuen Stein und einem neuen Berg seinen Fuß, dann wickelt die Mutter das letzte Mahl dieser Tage in ein Tuch und verwaltet ihre Träne des Abschieds gut.

Sie weiß, dass der Adler der Lüfte, der das Erinnern an die Herkunft der Welt ist, Sohn und Tochter umkreisen wird.

Und der Tropfen aus des Vogels Gefieder ist das Tau der Tage für ihr Kind.

VON DER WANDLUNGSKRAFT
DER FRAU

Seht das Salzkorn im Meerestropfen, das ist das Urbild der Frau. Ihr tragt das Kristall in eurem Leib und werdet getragen vom Meer. Und das Studium dieses Wortes bedeutet die Rückkehr der Frau zur erstarkten, nehmenden, in sich ruhenden und dann gebenden Frau. Und die Zeit flirtet mit euch wie ein Galan, damit ihr in diesen Gedanken findet. Die Winde der Wandlung wehen, damit ihr die Freude daran wieder erweckt, von dieser empfangenden Göttin in eurem Wesen zu wissen. Das Meer empfängt das Leben, ihr empfangt das Leben. Also flüstert jeder Wellenschlag, dass ihr die Geliebte der Liebe seid.

Sehet, was Blut ist – in seiner Zusammensetzung sind es die Elemente in Meer und Salz. Euer Leib ist die wogende Idee allen Lebens. Und seht, was Salz ist– das goldene Kristallin der Erde. Und was birgt Salz anderes als Wandlung? Es behandelt jede Speise, es erquickt die Luft, es reinigt eure Körper und tut wohl in jedem warmen Bad. So wie das Salz wundersam dient, so dient ihr alleine durch euer Atmen. Ihr seid Mutter, Schwester, Patronin und die innigste Freundin der Wandlung. Also tragt ihr nicht nur das Licht-Kind aus. Ihr tragt auch das Wort vom Göttlichen aus, das viele Kinder hat.

Und wundert es, dass diese Ur-Substanz in euch auch zum begehrten Diebesgut wurde im Erden-Geschehen?

Sie nahmen euch die Jungfrauenschaft, den Säugling, die Ehre, die Sprache, das Herz aus dem Leib. Sie nahmen euch die Erregbarkeit und den Aufbruch ins Weib-Sein. Und was ist die Jagdtrophäe nichts anderes als das ungelenke Klopfen an die Türe eines großen Plans. Und dieser Plan hieß, in die blutende Frau zu dringen und auf diese Weise an die lebendigste Erdenidee zu gelangen: die Ewigkeit der Wandlung. Und all die Häscher, die das Feuchte der Frau zu erlegen versuchten und sich in ihrem schmerzenden Blut suhlten, sie liegen nun als Verlierer da, in dem Morast ihrer Habgier.

Steht wieder auf, Frauen, hochgeliebt und wascht eure Anmut im Bach dieser Zeitenwende. Jede Stunde ist zu kostbar und euer Atemzug anders gebraucht, als denn jenen zu verzeihen. Gebet stattdessen dem Schönsten, was ihr seid und habt wieder einen Namen: Trägerinnen des Goldes! Lasset, was in euch ist, fluten über euer Angesicht, in eure Hüften und durch eure Bewegungen hindurch.

Und wenn ihr wieder am Ufer des Meeres kauert, weint noch eine Welle. Dann geht in eure Erde hinein, betretet die Häuser, die lauschen wollen. Tragt stolz das Wandlungsblut von Tür zu Tür.

Und das Meer wiegt liebend euren Gang.

VOM ZYKLUS DER FRAU

Seht, wenn ihr weint, dann holt ihr die Gefühle aus dem Meer und aus den Bergen zurück, die sie sammelten als Salze und die gefühlt wurden vor euch und von euch. Wenn ihr weint, wandelt sich Gefühl in Kristall, um das sich das Wasser regend legt, sich schließlich in den Sand neigend. Wenn ihr weint, dann bahnt sich die Liebe einen Weg vom Gestade in eure Städte hinein.

Und wenn ihr blutet, verbindet ihr euch und singt mit den Gezeiten, die ihre ewigen Melodien bereits geschrieben haben. Ja, die periodische Welle, die durch die Frau wogt, ist ein Gesang, der zum Kanon gereicht mit der Stimme des Lebens selbst. Euer Zyklus ist nicht das Ende des Gebärens, sondern der Beginn des weiteren Erhalts von Zeit, Feldern von Salzkraft und durchfühltem Raum. Mit eurem Zyklus gebt ihr das ewige Kind weiter, das leben will um des Lebens willen.

Und dies alles sind keine Fabeln, ihr hoch geehrten Frauen dieser Zeit, dies sind kräftigende Qualitäten, die das ewige Atemlicht halten.

Diese Erde holt sich ihre Namen zurück. Sie strebt danach, die eigenen Linien sichtbar werden zu lassen, so wie eine Farbe auf dem Papier zu sich will. Das Bewusstsein der Erde strebt danach, das in höchster Intelligenz gewobene Wissen in eure Formen und in diese Zeit zurückkehren zu lassen. Und sie tut das mit euch und für euch und mittels eurer Wesensart.

Frauen, wenn der lichte Samen des Mannes in euch das Kind entzündet, dann sucht der Lebensstrom nach seinem Zuhause in der Erde. Und wenn das Blut den Weg durch euren Leib geht, dann beschreitet es den Zyklus Leben und graviert ihn in den Goldleib der Erde durch euch. So wie die Sichel den Mondglänzenden Berg besteigt und sich dann fallen lässt in die Brandung, so geht euer Leib diesen Weg mit und schreibt den Zyklus der Welt nieder.

Das Meer nimmt sich selbst immer und immer wieder, gibt sich in die Welle und dann an den Strand. Und wie das Meer mit sich selbst arbeitet, so seid auch ihr. Das Meer legt das, was es ist, beständig in sich hinein. Dann atmet die Welle wieder, nimmt neue Information und atmet sie aus.

Möget ihr es auch so tun, ihr lichten Frauen des Meeres. Wenn ihr mit eurem Bluten liebend umgeht, dann hat das Erdengeschehen die Möglichkeit, seine schöne Bewusstheit in die Gärten des Morgens zu stellen.

Die Erde ist das lebendige Beet des Wissens und ihr seid die Trägerinnen dieses Kreislaufs. Der Zyklus der Frau ist zunächst Reinigung, dann Nahrung. Einst wurde das periodische Blut der Frau am dritten Tage in weißem Leinen aufgefangen. Im heiligen Ritual band das Wasser, das den Stoff gewaschen hatte, in einer tönernen Schale die reichen Informationen. Das gefärbte Wasser an die Erde zu geben, es in den Fluss hinein zu leiten, ist das Symbol für das reine Wachsen auf der Erde.

Möget ihr dies wieder tun, dieses bewusst-erfüllte Sehen eurer wertvollen Spur der monatlichen Zyklen. Möge das heilige Blut von euch in die Flüsse gelangen, um die Bäume am Gestade zu nähren, die Wiesenpracht zu erneuern und die Milch der Schafe zu umspielen mit dem erzhaltigen roten Trank.

Wie unfassbar schön es ist, euch so zu sehen, ihr Frauen des Lebens.

Ihr weint, blutet, gebt, wählt, wandelt, erneuert. So schreibt ihr in die alte Bibliothek das Lied vom neuen Leben.

Und die Welle komponiert die Melodie ins raunende Meer und in den geöffneten Mund der Berge.

VON DEN TÜCHERN
DER FRAU

Seht, wie sehr es dem Wort „Anmut" seine Bedeutung gibt, wenn Frauen ein Tuch um die Schultern ziehen oder den Schoß damit umhüllen. Mit dieser Gebärde ist die Definition der Frau neu erweckt, da sie freudig um sich weiß und um ihr natürliches Wirken.

Ist es ein langes, ein wehend-leichtes, ein wärmendes oder frisch farbiges Tuch? Achtet, Frauen, was ihr da haltet und wählt! Ihr ladet euch in euer Wohlergehen ein, durch die bewusste Geste, den Leib in sich bewegenden Stoff zu legen. In euren Schränken ist wollenes, seidiges, in Leinen gefertigtes Ur-Wissen bewahrt, um dessen Neu-Erweckung sich dieses Wort stellt.

Die Braut trägt den Schleier und ein langes Gewand, das den Schritt wogend nachzeichnet. Sie zeigt sich heute als Braut, wie sie morgen als Ehefrau gesehen werden will. In der Brautnacht tanzt sie die Pirouette der Liebe. Sie dreht Schleier und Schleppe und ahnt voraus. Diese Bewegung, so drückt sie es in dieser Nacht aus, wünscht sie sich von den kommenden Jahren. Sie lädt das Wachsen neuen Lebens in sich ein und das Heranwachsen der Familie. Sie dreht sich im sie umgebenden weißen Kleid und ruft damit die feinen Stoffe herbei, die ihr Gewähr sind für weiteres Leben.

Wie wehende Tücher, genau so ist das kosmische Weben um euch gestaltet. Farbe und Musik erkennen und materialisieren sich in Formen von schwingenden Botengängen. Dieses Schwingen legt sich als Transparenz um eure Körper und macht Leben in der Stofflichkeit möglich.

Die Musik tut das Folgende: sie beginnt mit sich selbst als Schwingen, das sich immerwährend in sich verliebt, staunt, die eigene Qualität beobachtet, weiter bildet und schließlich als Ton erklingt. Der Ton will etwas von sich, er will zu sich, weil er sich schön findet. Und mit der Chemie der Töne beginnt sich Musik zu entwickeln: feinstoffliche Tücher!

Wenn ihr die Stoffe, die fließenden Gewänder um euch wissend wahrt, dann blinzelt ihr dem liebenden Trachten zu, das die Welt umkreist.

Das Stoffwerk, das wehende Kleid, das die Frau um sich trägt, ist das direkte Schöpfungsvorbild, das der Baum als Blätterwerk um sich hat, die Blume als Duft und die Musik als Klang.

Wenn sich die Glühkraft des Feuers oder die Wärme der Sonne an einem August-Tag um euch legt, dann ist das die Schalmei der Wesen aus der Natur, die aus ihrem Mit-Schwingen Halb-Stoff-Tücher gefertigt haben.

Und es ist wieder der verlässliche Gesang, der euch die Weisheit an den gedeckten Tisch der Tage fügt. Wenn ihr eine Feier begeht, dann singt ihr ein Lied und legt eine edle Decke auf die Tafel. Wenn der Staatsgast in den Saal der förmlichen Begegnung tritt und es um eine gewisse Ehrerbietung geht, dann wird der rote Teppich über den Boden gelegt und die Posaune erklingt zum Marsch.

Stoff und Musik in dieser Verbindung sind verstanden. Dieser Feinstoff, gegangen zur Welt, ist also verstanden. Genau wie die Frau, die den Rhythmus ihrer Natur verstanden hat und bewusst das Tuch um sich zieht. Der Stoff, gemacht aus vielfältigem Faden ist der gefundene Kanon, der die Hüfte der Frau umhüllt. In schwingend schöner Seide wendet sich die Frau, die das Leben tanzt.

VON DER PROPHETIN

Seht die Frau, die Wäsche aufhängt an der warmen Brise des Tages. Wo gestern noch die Spur des Staubes war, prüft sie jetzt die Reinheit.

Sie tut zwei elementare Dinge. Durch das Waschen bewahrt sie die alten Stoffe. Im trocknenden Wind ändert sie die Gewänder und bereitet sie dadurch auf neue Taten vor.

In diesem Bild ist das Ur-Wesen der Frau enthalten. Sie sieht, woher etwas kam und gleichsam, wohin es geht. Sie macht eine Drehung von dem „Vorher" ins „Sogleich" und genau das ist der Erden-Modus. Das ist kein Werk von Schwierigkeit und auch nicht neu. Das ist die Erschaffungsbasis der Frau, die sie tief und weit in der Liebe sieht. Das ist die Energie der Frau – sie ist das, was war, was gerade ist und auch das, was gleich sein wird. Die Frau ist das Gedächtnis der Liebe und auch ihr Wirkstoff.

Dreht ihr euch von der Sehenden in die Prophetin, Frauen der Erde, welche Wahrheit, welche Wahrhaftigkeit! Blicket ihr akzeptierend in euch, so wie in die Gewänder, die ihr erneuernd reinigt, dann klingt in euch aktive Schöpfungsfanfare, hinein tönend in eure Berufe, Familien und in gelingende Tagesabläufe.

Die Frau trägt und gebärt Ursache und Wirkung. Diese Drehung, diese Energie-Wendung, von vielen Frauen mehr und mehr erlebt, bedeutet ein umfassendes Aufstehen der Kräfte dieser Welt.

Wenn die Frau in ihrer Liebe ist, erzeugt sie ein Bleiben. Wenn sie bewusst ihr Lieben lebt, indem sie diese Energie respektvoll betrachtend aktiviert, dann erzeugt sie ein Drehen, eine Dynamik, die absolute Möglichkeit weiter zu gehen für sich und andere.

Sieht sie das lichte Potential des Mannes, ist das eine hohe Chance für ihn und seinen Weg. Denn sie kann ihm Festigkeit geben durch diese Konstanz des Liebens, gepaart mit der in ihr wohnenden Dynamik. Sie schenkt dem Mann die Landkarte, um seine Wege zu bereisen. Eine Frau kann alleine durch ihre Präsenz das Wissen, das im Mann pulst, erwecken und seine Kraft fördern, es in der Welt aufzustellen.

Der Blutstrom der Frau, der Herzschlag der Erde und das Wogen des Meeres sind physikalisch, energetisch und genetisch gleich aufgebaut, ein 1:1 des erhaltend-wachsenden Liebens. Dieses macht sie zur Sehenden in der Erde.

Blickt ihr Frauen auf eine Stelle im Wasser, dann blickt ihr auf zwei. Ihr seht die Woge und den Beginn der Woge. Ihr seht den Wind, der herbstlich durch die Blätter zieht und das Wachstum des Frühjahrs im selben Moment.

Möge die Welt an dem Blick der Prophetin teilhaben dürfen und gesunden!

Seht das Weib, voll des wirkenden Liebens, gestellt an die Erden-Zeit.

Es sind das Jetzt und das Gleich der Liebe hangend an dem Wimpernschlag der sich selbst zugewandten Frau.

VOM LEHREN DER FRAU

Seht, Frauen, ihr habt ein wundersames Amt auf der Erde. Eure weibliche Natur nährt euch Jahr um Jahr. Ihr habt euer Heim, das Kennen der Liebe, stetig bei euch. Ihr geht über die lodernden Wiesen der Zeit und seid in eurem Spüren zu Hause.

Ihr nehmt euch die Jahre des Wachsens vom Mädchen zur jungen Frau, zur Mutter, zum Weib. Fühlt den blauen Wind der Zeiten, fühlt, fühlt! Ihr seid die Seglerin mit eigener Yacht auf offener See. Auf eurem Lebens-Schiff ist alles, was ihr zum Leben braucht. In der Kombüse sind Öl und Feuer. Den Fisch aus dem Meer bratet ihr mit dem Salz vom Meer. Lernt, dem Rauschen der Welt zu vertrauen. Es birgt und hegt euch als wertvollste Auster in sich und wiegt achtsam das Perlmutt, das ihr seid.

Lasst euch täglich wiegen von eurem eigenen Element, dem alles untergeordnet ist. Lernt das Zutrauen in euer Spüren, geliebte Frauen. Sagt Ja dazu, jede Stunde etwas mehr! Warum sollten die Gezeiten, denen ihr einwohnt, euch nehmen und halten für etwas anderes, als zu eurem Glück und Wohlergehen? Dem Element, das ihr in euch tragt, dem Rhythmus der Mondin, deren Sichel euer Blut in höchstem Gesetz erfasst, sind alle anderen Werte, jeder Ton und jede Farbe zugeordnet.

Lasst euch getrost von dem Takt des Windes in eurem Segel leiten, der weht und webt und weiß!

Und eines Tages bittet Euch ein Windstoß zu sich und ruft den männlichen Anteil von Euch ab. Die Böe dieser Stunde befragt die weise Weiblichkeit in euch, ob ihr, was ihr auf dem Schiff für euch selbst gelernt habt, nun an andere Menschen weiter geben wollt. Es ist keine Brise, auch kein Sturm, aber es sind gemäße Winde, die die Worte des Wissens herantragen und zu dem innerem Warten der Menschen fügen wollen.

Und an einem Tag eurer eigenen Bestimmung, in der Stunde eures selbst gewählten Planes, holt ihr die Segel ein und haltet die beschriebenen Blätter eures damaligen Buches nahe an der Brust. Und nun ankert und seid und sagt: „Hier bin ich."

Die Frau des offenen Meeres und des Hafens malte sich in euch über die Jahre in euren geöffneten Geist, das Raumlos durchwanderte Leben im gleichzeitigen Verbunden-Sein mit dem Welt-Wert. Bei euch erfahren die Menschen die Paarung von Leichtigkeit und gegründeter Ordnung. Das alles sehen die Menschen als Bild in der Galerie ihrer Wahrnehmung. Gerne und voller Mut machen sie sich zu euch auf, um diese geheimnisvolle Parallelität suchend zu betrachten.

Von diesem Tage an werden die Menschen nach eurem Geheimnis fragen. Sie sehen Aspekte von Erde und Himmel in euch. Sie nehmen eine Ausgewogenheit und Klarheit wahr, in beidem gleichsam zu leben. Deshalb werden sie jeden auch beschwerlichen Weg zu euch gehen, um euch lauschen zu können.

Und von diesem Tag eures Lehrens an, lest vom Papier des Erfahrenen. Berichtet von dem Fisch, der schmackhaft war und von dem Segeltuch, das sich in der Fahrt wölbte.

Ihr richtet nun euer Auge auf den männlichen Teil im Weib. Ihr berichtet, wie es ist, in dem Meer zu sein und gleichzeitig von ihm zu nehmen. Ihr berichtet vom Spüren und wie es ist, damit zu leben.

Von dieser Bühne aus helft ihr anderen Frauen, ihr Weib-Sein zu ergründen. Und ihr helft dem Mann, den anderen Teil der Welt liebend zu sich zu nehmen.

Es ist Zeit, Seglerinnen der Liebe, euer gebendes Amt zu ermitteln. Es ist Zeit, zu vermitteln, was ihr vom Ur-Grund des Lebens wisst und vom Kuss des Windes.

DIE ZAUBERFRAU

Seht, überall in euren Häusern und Pavillons des liebenden Lauschens erwacht das Geheimnis der Zauberin wieder in euch Frauen. Die Zauberin hat in sich den Blick der Liebe und dieser Blick ist pure Anziehungskraft für den Wandel. Der gestaltungswillige Geist, das Wissen und all seine Sprachen suchen sich eine Botschafterin. Über das weibliche Relais „Liebe" gelangt Substanz in die materielle Erde. Die Frau trägt die Liebe als Ur-Material in der Zelle. Das macht sie zur Übermittlerin, Trägerin der Zauberformel – sie ist die medial vermittelnde Türe, durch die die Informationen gehen und von der einen zur anderen Ebene wechseln. Dieses Instrument, dieses mediale Tor, ist das weiblichste Gut in der Frau.

Die Zauberin weiß ihre Liebe an etwas zu fügen und dann haltend zu sein. Dies gibt dem Wandel den Auftrag und der Wandlung die Möglichkeit zu wirken.

Ihr Frauen als Urwesen des Liebesgesetzes möget innerhalb der Wachstums-Prozesse die eigene Idee nochmals verstanden haben.

Liebe an die Tropfen gehalten, ergibt den Liebe-schwingenden Fluss. Nehmen wir eine Limone. Licht tritt in die Erde, vermengt mit dem Wirkstoff „Liebe" entsteht hochrangiges Obst, das der Körper nimmt und im gesunden Genuss verspeist. Diese Liebeskraft, die auf Wasser und Limone wirkt, ist ätherisch vorhanden, konzentriert sich und zentriert sich durch euch, je nach Intensität des eigenen Blickes in Obst, in Wasser.

So steht es von Anbeginn in den Zeilen der Zeiten, dass das Gott-volle, dass der urschöpferische Werkstoff im Menschen am Wesen des Wachsens beteiligt ist.

In der Nacht hält die Frau den Zauber ihrer Liebe an das fließende Gold des Sonnenmannes. Ruhend und wandlungsbereit liegt sie in sich, vielfältige Öffnung und reiner Gang durch Tore der Liebe für neues, pulsend sich erstreckendes Leben.

Wie schön ihr seid in eurem aufblühenden Material, ihr Frauen! Ihr verwandelt diese Erde, die die Manifestation der Liebe ist, durch euer bunt geschmücktes, hingebend-liebendes Geschöpf wieder neu. So stellt die Frau ihre Haare um, ihren Schmuck und die Räume als Handlungsmerkmal für die Bezeichnung „Zauberin".

Und jetzt, ihr Frauen voller Wunder, nun geht noch den Gang zur Hohen Priesterin, die wiederum aus der Zauberin erwächst! Die Zauberin hat noch intuitiv gehandelt, dorthin die Jungfrauen-Hand gesenkt, dort den süßen Blick geschenkt, den verwandelnden. Und nun die Hohe Priesterin. Sie weiß um sich und ihre Fähigkeit des Weibes. Sie weiß um ihr absolut schöpferisches Wesen.

Sie ist hoch geordnet und steht in hohem Respekt mit sich und dem, was ist und jemals sein wird. Sie ist mit allem in der absoluten Wahrnehmung und handelt wissend und haltend, wenn es gilt, dienlich aus dem Geist in die Erde zu übersetzen. Die Hohe Priesterin ist eine Turnerin auf dem Schwebebalken. Alles sieht leicht aus, doch innen herrscht eine hohe Disziplin des nach Anwendung strebenden Wissens. Sie weilt und verweilt, dadurch ist Handlung möglich. Sie ruht und wirkt dabei, als sei der Weg schon gegangen und genau das ist ihre Kraft und Wahrheit. Die Hohe Priesterin ist die in sich erwachte Zauberfrau.

Ihr Gang im Weltenwerk wandelt die Zeit.

SonnenMann

VON DER AUFRICHTIGKEIT
DES MANNES

Seht, Wind hat mit dem Mann unmittelbar zu tun. Geschwindigkeit, Bewegung, kräftiges Atmen sind dem Blut des Mannes zugeordnet. Schnelligkeit, Weitergehen – das sind sofort nährende Botenstoffe in Adern und Muskeln des Mannes. Deshalb sind schnelle Autos und Rennfahren dem Mann zugeschrieben – und zu Recht, denn da wirken Naturgesetze, die überlebt haben und nun wieder ins verständige Leben integriert werden wollen.

Wenn dieses Gleichnis vom stolzen Atem in der Männerbrust verstanden ist, dann währt es nicht lange und der Mann formt seine inneren und äußeren Körper alleine durch das rechte Atemholen. „Stolz schwellt seine Brust" und das ist nicht leeres, männliches Tugendwort. Das ist der innere Weg, so manche schlaffe Wurzel und das häufig müde Astwerk eurer äußeren Welt aufzurichten

Alles hat eine Entsprechung zwischen Mensch und Natur. Die Natur spielt Saiten, deren Klänge in euch tönen, lange schon, Äonen schon. Diese Parallelitäten Mensch-Natur sind so alt wie der Gedanke, die Liebe in diesen Planeten zu formen.

So hat das Männliche sich dem Wind zugeschrieben, der Bewegung und dem Rad, dem Flug und dem Adler, dem Motor und der Übersetzung in Geschwindigkeit.

Stolz sein ist Sinn-verwandt mit aufrecht und aufgerichtet sein. So wie der Baum aufrecht, also gut Atem nehmend im Wind steht, so tut das auch!

Und übersetzt ihr dies, dann ist der Mann heute in der erschaffend schönen Verantwortung, dass diese Erde aufrichtig wird, aufrichtiger, sich aufrichten kann in ihre Größe. Der strebende Phallus, Brüder des Wissens, ist nicht Merkmal einer körperlichen Zufälligkeit, sondern sind Grundlage und Ur-Verständnis. Und so wie der Frau die Hingabe an den Fluss gelingen möge, so möget ihr euch an den Wind geben!

Also seid ihr die Boten der Aufrichtigkeit und der „richtigen Worte", dort, wo das Feld der Liebe wachsen will. Wo die Ähre und auch die Ehre geknickt sind, da richten sie sich auf durch eure Wirklichkeit, durch euer „Gott-Atmen".

Ihr tragt das Mal der Schöpfung in euren Lungen. Ihr könnt die Erde beleben, erneuern, alleine durch diese Klarheiten über euch. Und wiederum: Nehmt andere mit!

Gleich einer heiligen Waffe gibt der Mann seinen Odem über die Weite, stolz und freudevoll, der Bote zu sein einer sich neu atmenden Zeit.

VOM PHALLUS DES MANNES

Seht, Brüder der Sonne, die Zeitenwende hat vieles im Sinn und dann ein wichtiges für den Mann. Dass ihr euch wieder angefüllt fühlt, dass ihr euch wieder geliebt fühlt, dass ihr wieder wisst, wie das ist. Es ist gesagt, vielfältig schon: Das Weib hält und hat die Liebe in der Welt. Und ihr tragt sie hinein, mit eurem Schwert, mit eurem Phallus, mit eurem Licht!

Aber was tuet ihr, Männer, wenn da keine Frau ist, die hält und hat. Es schwebt die Traube über dem Marktstand, wenn da kein Korb oder kein Behältnis ist, das süße Obst in sich zu nehmen mit Behutsamkeit. Euer Phallus ist bereit für ein Ankommen, dort, wo ein Angekommen-Sein ist. Eure Männlichkeit kann nicht in der Luft schweben ohne Ziel, wie es euch von Frauen des Gestern gezeigt wurde. Und eben diese Frauen, die so töricht waren, ohne Korb und ohne Schoss und ohne Kelch auf den Markt zu gehen, diese sagten zu euch: „Sei stark für mich und sei stark für die Welt und tue deine Pflicht und erhalte mich, denn du bist für die Zeugung da."

Und Männer, es ist gesagt in dieser Stunde: steht nicht auf und seid nicht stark! Wir sagen hingegen, legt euch einen Moment nieder, Männer des sich weitenden Lichtes, und wartet und ruhet euch aus. Und dann steht auf, aber erst wenn der Marktgeselle euch zuruft: „Ja, die Frauen haben ihre Körbe aufgespannt und ihre Kelche." Dann, SonnenBruder, an diesem hellen Tag erweckt dich dein eigener Traum vom Schön-Sein und vom Wachsen mit dir. Denn ihr hattet lange der Mutter vertraut, die gesagt hat: du musst mich halten in meinem Elend des Nicht-

Gehalten-Seins. Und wir sagen euch, gehet von ihnen mit gleichmäßigem Schritt und schließt leise die Tür. Erst wenn die Zeitenwende auch in der Kammer der Frau angelangt ist und von ihrem Gerede vom Schwachsein keine Silbe mehr bleibt, erst dann gehet wieder zu ihr mit dem Wort, das keinen Groll kennt. Erst dann, wenn ihre Lenden wieder feucht sind wie die Seerosen, deren Ebenbild sie sind, erst dann kehret langsam, Brüder, in des Weibes Geschichte zurück.

Übernehmt euren Phallus wieder, aber nicht um zu kämpfen, nicht um etwas zu beweisen, nicht, um dem Weibe oder der Erde eure Stärke zu zeigen. Deshalb wird aufgeschrieben in dem heutigen Tagebuch: nehmt euch nicht zusammen und seid nicht hart! Seid weich und genießt den Fluss, der euch einlädt und euch Tropfen für Tropfen diese eine große Legende erzählt: Ihr seid unendlich geliebt! Erst dann, wenn es von den Vätern der Kindheit nicht mehr als eure Pflicht benannt wird, mit dem Phallus den Namen der Familie, die Ehre und die Erde zu erhalten, erst dann atmet die Zeit auf und wendet sich. Wenn diese innere Freude darüber emporsteigt, diejenigen zu sein, die die Liebe unmittelbar erfahren haben, als sie in euch triefte. Wenn ihr den Anschluss an diesen Himmelstrank wieder habt. Erst dann werdet ihr euren Phallus mit hohem Genuss in die Frau legen, glücklich, herzvoll, liebesverwandt.

Seht das in der Sonne glänzende Schwert des Mittelalters, das der Mann über seine Brust führte und vor seinem dritten Auge verwahrte. Es ist das Zeichen des verstandenen und integrierten Phallus und eines der friedlichsten Symbole des Mannes. Von Bruder zu Bruder, von Gott zu Mann, von Licht zu Licht wandert das Gold-getränkte Schwert und gelangt durch euch in das Erden-Lieben.

VON DEM JUNGEN IM MANN

Seht, es gibt zwei Karnevalskostüme, die im Herzen und auch gerne im Schrank eines Knaben sind: das Lederhemd des Indianers und der Colt-Gürtel des Sheriffs. Beide Figuren ruhen im Mann und garantieren ihm die Wahrung seiner Herkunft. Der Indianer ist der Mann, der die Schöpfung tief in sich studiert und aufgenommen hat. Er kennt jeden Feuerplatz, jeden Pfad durch den Wald. Er spricht die Sprache des Rudels und fühlt sich mit allem, was lebt, verbunden. Seine Muskeln und Tritte gehen achtungsvoll mit Moos und Ast um. Er ist ausdauernd und treu wie sein bester Freund, mit dem er täglich den Wind besiegt: dem Pferd. Er schätzt die Einsamkeit genau wie sein Bruder, der Wolf, und erwidert seinen Ruf in der Nacht.

Der Indianer im Mann ist die Verlängerung des Schöpfer-Armes in die Natur hinein. Das Lagerfeuer, an dem er nach dem Tagesritt sitzt, birgt das erhellende Gespräch zwischen dem Schöpfer und der Schöpfung. Hier findet der Dialog zwischen Gott und Mann statt, über das, was heute verstanden wurde und was es morgen verstehend zu tun gilt.

Als zweiter Archetypus wohnt der Sheriff im Mann. Er ist der Ordnungshüter, der Plätze für jeden schafft, der in die Stadt kommt. Der Sheriff ist der Souveräne, der um nichts kämpfen muss, weil seine innere Kraft schon gesiegt hat. Der Sheriff begrüßt die Einwanderer aus den verschiedenen Regionen, wenn sie in die Stadt kommen. Der Mann, der die Figur des Sheriffs integriert hat, führt die Diskussion um Verschiedenheiten und streitbare Ansichten in Politik, Wirtschaft und Religion längst nicht mehr. Er sieht die Welt als eine Dorfstadt der Vereinigung, dafür steht er ein mit seiner Person und Loyalität.

Diese zwei Männer-Typen sind in dem Mann angelegt und idealerweise lebendig. Das ist dann der ewig junge Mann, der sich seine Tage zum Freund gemacht hat. Möget ihr den Indianer und den Sheriff in euch und in euren Lebensräumen einladen und leben, Männer, warum denn nicht? Geht in die Wälder, entzündet das Feuer des guten Zuhörens und nehmt euren Jungen mit und den Freund eures Jungen.

Dann wird sich der Indianer in euch friedlich mit dem Rücken an einen Baum lehnen. Und der Sheriff in euch macht sich die Sache der Transformation der Welt in ihr Bestes und Nächstes zur Aufgabe. Lebt ihr frohgemut den Weg zwischen dem Indianer und dem Sheriff in euch, dann habt ihr den Jungen im Mann und den Mann im Jungen fest im Wegkreuz eurer Tage.

VOM ERFOLG DES MANNES

Seht, säen und ernten ist etwas Männliches. Im Frühjahr setzte der Mann den Samen in die Erde. Im Herbst holt er mit seiner Armeskraft und den großen Wagen die Ähren-Gebinde und die reifen Kürbisse von den Feldern.

Einen Kreislauf zu schließen, ist männlich. Einst senkte der Mann seine Liebe in die Frau. Eines späteren Tages will er mit seinem Sohn einen Drachen steigen lassen. Er geht mit ihm den Bausatz durch, plant die Flugbahn und sie bestimmen den Platz, von dem aus der bunte Drache aufsteigen wird. Dann gehen sie auf das Feld, an einem Abend, an dem der Wind günstig steht. Und der Mann sieht sein Kind lachen und freut sich an seiner Freude ob der bunten, wehenden Bänder. Ein Kreislauf ist geschlossen: Der Mann senkte einst seinen Samen aus dem hohen Gefilde in den Schoss der Frau. Das Kind wächst heran und schließlich steigt des Vaters liebende Rührung mitsamt dem fliegenden Buntwerk den Himmel empor.

Das Streben des Mannes ist es, von einem Beginn zu wissen, einen Plan zu haben, den Vorgang zu sehen und dann zu nehmen, was folgt. Ihr seht den Abschluss schon im Anfang, das ist wichtig, schöpferisch und eure Natur. Ist ein Mann voll liebender Wertschätzung für sich und für diesen natürlichen Gang, dann ist er ein Magnet für Erfolg. Wenn er mehr und mehr fühlt, wie wertvoll er ist und sein Geben und sein Samen-Geben, desto mehr kann er wissend von der Quelle annehmen, die ihn versorgt. Weshalb sollte der, der sät, nicht ernten? Weshalb sollte ein Vogel, der ausgestattet ist zum Flug, keinen Luftzug erhalten? Ist euch die Laufbahn klar, ihr geliebten Männer der Welt, dann ist es keine Frage mehr, ob ihr genug Geld habt für euer

Leben und das Leben eurer Familie. Geht der Mann durch seine Tage, ist ihm wohl und ist er „rund" mit sich und seinen Abläufen, dann ist das die Basis, auf die sich der folgende Gewinn stützt. Der Mann, der den eigenen Kreislauf und den der Welt anerkennt, steht im Gesetz des wirtschaftlichen Erfolges.

Wenn ihr seht, etwas hat mit euch zu tun, etwas vermehrt euer Herz und eure Hand, etwas bringt ein Rad in Bewegung, dann ergreift die Gelegenheit! Wenn ihr von etwas erfahrt, das sich neu zusammen setzt und ihr erkennt einen Teil als den Eurigen, dann tut das. Seht so: ihr trefft auf einen Laden, der zu vergeben ist und habt tags zuvor Holz für ein Regal geschlagen. Bald darauf kommt einer und sagt, sein Wein, den ihr einstmals gemeinsam verköstigt habt, sei nun reif und bereit zur Weitergabe. Dann eröffnet einen Verkaufsladen mit diesem Wein! Bei dem warmen Keltern der Trauben saßt ihr voller Genuss mit dem Winzer und habt jungen Wein probiert. Damit hattet ihr den Samen für den erfolgreichen Weinverkauf gesetzt. Mann, Gelderhalt und Erfolg sind wie Ähre und Brot, Rebe und Wein, Samen und Ernten, ein zusammengehöriges Streben.

VON DER FREIHEIT
DES MANNES

Seht, Freiheit gehört zum Thema des Mannes. Es ist sein Schema, es ist der Sand, aus dem er stammt und die Fußstapfe, in die er tritt. Freiheit des Mannes ist etwas Selbst-Gelingendes, nichts was getan oder erlangt werden kann.

Es gibt einen Beruf im Mann, den der Wind der Definition „Freiheit" umweht und diesen Begriff beschreibt das Bild des Handlungsreisenden. Der Reisende bringt gewebten Stoff aus seinem Ursprungsland über das Meer an ein anderes Gestade. Dort handelt er auf einem ausgewählten Markt mit den mitgebrachten Stoffbahnen, den genähten Kleidern und nun erlangt er Handlungsvolumen. In diesem Moment der Entscheidungen mit sich und den Materialien, die er darbringt, liegt die Wahl des Mannes. Der eine Handelsmann bringt den Stoff in der rohen Form auf den Markt, ein anderer schon bearbeitet als fertige Ware und Kleid. In diesen Momenten gründet der Mann seine Energie, so wie Bahnen von Teppichen verlegt werden und Kabel in der Erde. Und schon jetzt legt er die Basis seiner Blüte oder seines Misslingens, seiner Freiheit oder Unfreiheit.

Er kann sich kauernd in eine Ecke setzen und sagen: „Ich habe einen fremden Stoff in einem fremden Land, der fremd ist zu den Farben des bisherigen – ich bin ein Fremder unter Fremden". Dann werden ihm weder Geld, noch Wohnort, noch Anerkennung zuteil und mitnichten das Gefühl, frei zu sein und frei zu wählen. Stellt er sich jedoch frohgemut auf den Markt und sagt: „Hier habe ich neuen Stoff für neue Könige, für ein neues Reich", dann horchen alle auf. Die Vasallen des Königs horchen auf, die Näher und die zur Vermählung bereiten

Prinzessinnen horchen auf. Von welchem Stoff spricht dieser Rufer, welche Informationen trägt er in unser Land und wie gelingt es mir, mit diesem Mann ins Geschäft zu kommen?

Der Mann der Freiheit verfügt spielerisch über seine Energie der Lust, der Sprache, der Bilder, des Humors, der Tatkraft, des Handels und des Handelns.

Heute ist dieser Mann der Freiheit oft ein Lehrender unter den Kuppeln des Dialoges, die viele und immer mehr Menschen bergen. Dieser Reisende berichtet von seinen Wegen zu Welten dieser Welt. Er berichtet davon, dass es neue Stoffe gibt und neue Kleidung und neue Nahrung für den Geist aus seiner lichten Heimat.

Er berichtet, dass dort ständig Stoffe geschaffen werden. Er berichtet davon, dass er das gesehen hat auf seinen Reisen. Und die Zuhörenden lieben den Mann der Freiheit dafür, dass er von dem Weben in diesen Welten spricht. Und sie lieben ihn dafür, dass er sich für sein Frei-Sein von nichts befreien muss.

Er lebt seine Energie, er lebt in seiner Energie und das gibt ihm vielfältige Möglichkeit zu wählen und zu handeln. Dieser Mann ist ein Gottes-Mann und er weiß davon und von diesem lichten Dialog. Er feiert seine Freiheit, indem er abends im Sand seine Füße spürt, vom glühenden Horizont trinkt und seine Träne dieser Verbindung, die frei ist und frei macht, dankbar schmeckt.

VOM SAMEN DES MANNES

Seht, der Mann erforscht das Gesetz, das er in sich trägt. Er forscht in der Frau nach der Frau. Aber er forscht auch im Gehen durch das Leben in seinem eigenen Samen nach dem Mann in sich. In ihm ist ein unumstößlicher Ruf, der treu ist, von einer treuen Wildheit nach Leben gekennzeichnet. In ihm ist ein Ruf, immer wieder neu nach der Weisheit zu fragen. In ihm ist eine Erinnerung, eine Erfahrung, die er einst am Ur-Tisch der Schöpfung gemacht hat, vor diesem Leben und weit vor diesem Leben. An diesem Ur-Tisch saß er, wusste er, sah er.

Und in seinem Samen, nach dem es ihn selbst drängt, ist sein eigenes Anfangs-Material enthalten. Der reine lichte Trank, das Wissen vom Geliebt-Werden. Durch jedes Wort von Leben und Weisheit, das er fühlend liest und erinnernd spricht, wird dieser Ur-Grund in ihm tauglich und kräftig. In jedem Samentrank, den er von sich gehen fühlt, ist die Weichheit und der Sprengstoff der Tatsache enthalten, ganz für sich selbst, ganz für das reine Da-Sein geliebt zu werden.

Das ist der Brief, handgeschrieben vom Licht selbst, den der Mann von dem Feld des Einst in diese Welt brachte.

Der Samen des Mannes sagt: „Ich sehe es, überall öffnet sich die Hand der Liebe, die aufnimmt. Ich sehe es, die Erde ist eine Hand, die mich willkommen heißt und nimmt und liebt." In allen Straßen und Feldwegen, Burgen und Hütten, Kanälen und Brücken ist die Aufnahme des schimmernden Wissens des Mannes möglich und gewollt. „Gib dich, gib dein Lachen und dein Wort. Gib deinen Samen, der die Essenz vom Geliebt-Werden in sich trägt." sagt der weiche Sand, der sich aufmacht unter seinem Schritt.

So legt der Mann den Samen in der Nacht intuitiv in die aufgehaltene Hand und in den Schoss der bereiten Frau, die auch seinen Erkenntnissen am Tag gelauscht hat. Von der Frau, die ihren bleibenden Strom weise an ihn hält, nimmt er die Gewissheit, dass sein Samen nicht verkommt. Dies hoffend, strebt er in sie, die sich ins Mondlicht gebettet hat.

Dann geht er, im Sonnenlicht erwacht, zu den Gemeinden der Menschen, um sie zu unterrichten. Lehrend und weitergebend ist der Mann, voll Freude, dass sein geschauter Blick und sein gedachter Gedanke gut aufgehoben sind im Herz der Lauschenden. Also erforsche der Mann erneut dieses Geliebt-Werden mit jedem seiner Wege. Wie wende ich mein Blatt, um dir zu zeigen, wie geliebt du bist, fragt der Baum. Wie male ich den Regen in den Ozean, fragt das Wasser, damit du weißt, dass da immer Liebe ist. Und in jedem Wind, in jedem Strom und in jeder Samengabe erkennt der Mann das Gesetz des unendlichen Geliebt-Werdens, dem er angehört.

VOM WISSEN DES MANNES

Seht den Fotografen, der von dem Hochzeitspaar für den Tag
der Trauung beauftragt wurde. Seine Aufgabe ist es, die Liebe
zwischen Braut und Bräutigam zu sehen. Er soll die bleibenden Momente sichtbar machen und zeigen, dass die Liebe ein
neues Zuhause bekommen hat.

Am nächsten Tag belichtet der Fotograf die Bilder. Und das
schönste Bild, das die Liebe der beiden erfasst, lädt er auf den
Computer und macht es größer und deutlicher. Er druckt es aus
und legt es auf den Kopierer, damit viele von dem Bild der Liebe
etwas sehen können. Das ist eine Ur-Kraft im Mann, der eine
Fotografie fertigt und sie weiterreicht und sagt: „Siehe die Liebe
ist da und siehe wie schön sie ist."

Dieser Mann schaltet das Licht in seinem Sehen an und sagt:
„Ja, ich habe die Liebe in den Augen des Brautpaares gesehen,
in der Bewegung des Schwans und im ruhigen Schlaf der Frau."

Und der Mann hält so sein Wort ein, das er einst der Schöpfung gab, indem er sagt: „Wenn ich die Liebe sehe, dann gebe
ich sie weiter, damit sie nicht endet."

Und so saß der Mann in den Welt-Zeiten und rief Gruppen
zusammen, um die Worte auszutauschen. Und so rief der Mann
andere zusammen und sie erfanden den Buchdruck. Und so rief
der Mann wieder andere zusammen und sie erfanden das In-
ternet. Denn der Mann sagt, ich will das weiterreichen, was so
reich ist.

Und ist ein Mann ein Verleger, ein Autor, ein Reporter, ein
Vortragender, ein Filmender, dann ist das seine Natur des Be-
lichtens und Berichtens, des guten Schauens und des Weiter-
reichens mit kräftigem Arm und wirkendem Herzen.

„Ich reiche, was die Schöpfung in mich fotografiert hat, als Bild weiter", sagt der Mann, der geht und gibt und weiß. Ich setze die Buchstaben zusammen, die die Schöpfung in mich geschrieben hat, sagt der Mann, der berichtet.

Und eines Tages steht der Fotograf selbst vor dem Altar und sieht zu der Frau an seiner Seite und sieht in sein Lieben. Und er weint sein eigenes dankbares Weinen, da er nicht ein Wort sieht oder ein Buch, nein er sieht in sich eine Bibliothek des Liebens, die nicht endet und die keinen Horizont kennt.

Er hat die Liebe so oft gesehen, nun sieht er sie wieder und unendlich zärtlich und wieder neu. Und er blickt tief in sein Wissen und er sieht die Bilder seines Wissens. Und er sieht, dass die Liebe niemals endet.

VOM VERSPRECHEN
DES MANNES

*S*eht den Mann, der den Baum fällt. Er trägt mit seiner Kraft das Astwerk aus dem Wald, um später einen Stuhl zu zimmern. Mann, Verarbeitung und Weiterführung ist eine Linie, die gegossen ist von Anbeginn.

In der männlichen Hand liegt ein Erbe: ein Versprechen, das gewachsene Werk in die Erde zu bringen. Der Mann, der in seinem Auftrag steht, strebt mit dem Willen in die Welt, das fortzuführen, was Wurzel, Stamm und Äste begonnen haben. Dies ist das Wort des Mannes der Schöpfung gegenüber, dass der Baum in seinen Eingeweiden, dass jedes gewachsene Werk der Erde nicht ungenutzt verdorrt. Dieses Wort hat er mit seiner Ehre berührt. Es ist das Wort, die Liebe am Leben zu halten und weiterzuführen.

Wenn ein Mann in sein Wissen geht, dann gelangt er an dieses Versprechen. Und es treibt ihn, nach Handlungen zu suchen, die diesem Prinzip dienen – weil es da ist, weil diese Stimme des lichten Gehens in ihm existiert.

Zwischen Ur-Schöpfung und Mannes-Schöpfung gibt es eine vereinbarte und vereinte Fähigkeit: das Ankommende, Pulsierende, Licht-Gekräftigte, das Energie-Geneuerte anzuerkennen und dieses der Erde weiterzureichen. Aus diesem heraus zimmert der Mann einen Stuhl, er fügt aus Weisheiten ein Buch mit Seiten und Einband, er ruft Gruppen zusammen und sucht nach Wegen, dass sich daraus neue bilden. Der Mann, der bereit ist, diesen Auftrag anzunehmen, macht aus einem das nächste. Er schätzt das bisherig Genommene und führt es weiter.

Und es sei gesagt in diesem heiligen Moment: dieses Versprechen, handelnd so zu sein und die Schöpfung nicht verkommen zu lassen, sondern sie fortzuführen, ist dem Mann näher als sein eigenes Blut. Und es sei genannt, was als Vulkan im Männlichen lodert: spürt der Mann dieses Versprechen eines Tages, dann ändert er. Er steht auf und der Erfolg in jedem Lebensgebiet drängt und geschieht.

Generationen vorher sagten, man müsse über den Mann und seine lichte Kraft schweigen. So gaben sie das Märchen vom Mann aus, der schweigt und nicht weint. So sagte es der Ur-Großvater zu dem Großvater zu dem Vater: weine nicht und spare deine Kraft. Und wir sagen euch: werfet und weinet und gebet, wenn ihr diese Kraft wieder spürt. In euch ist das ungebrochene Wort der Schöpfung selbst, dass ihr Licht seid, dass ihr die mit erschaffende, vollführende, weiterreichende Energie auf der Erde seid. Ihr seid die Geschicklichkeit Gottes, den Plan der Liebe weiterzuführen. Ihr seid hier, um den Tag auf der Erde anzuzünden. Steht ihr auf, steht dieser Planet auf. Ihr seid Fackeln, die sich entfachen, Herzen, die mutig entscheiden. Und wenn ihr früh in den Wald geht, dann leuchtet Gottes Lächeln über die erste Tanne. Und ihr erinnert euch an das Versprechen mit diesem Morgen auch den nächsten zu betreten und der Bruder dieser Zeitenerde zu sein.

VOM HERZEN DES MANNES

Seht, vom Herzen des Mannes ist gesagt, es hege Kraft, Tat und Mut. Doch haltet inne, wenn ihr denkt, das sei eine lustlose, staubige Fabel, ungültig für eure dispute Welt. Ja, es ist der Stamm in manchem Garten gefällt. Oft hielt der Mann die Axt an den eigenen Phallus und mancher Vater hat das Wort vom Helden seinem Sohn nicht gelehrt.

Aber das Grundwort drängt in eure Welt, Männer und pulst den beredten Saft in euch zurück. Denn ihr seid die Mitwisser des großen Planes „Polarität". Den Samen zu legen und sich für den nächsten bereit machen, ist eure Sache. Aus jedem Sterben wird ein Streben, das wisst ihr, denn tief innerlich ist es niedergeschrieben. Ihr seid die Könner des Niedergehens und des wieder Aufstehens. Der Held hält die Energie der Erde, das ist der Nimbus für das Herz des Mannes. Dieses weitfüßige System von Plus und Minus, von Tag und Nacht ist in euch eingepflanzt, Brüder des erhellenden Lichtes. Welch großräumiges Ur-Bild, das heute zur Beachtung vorgelegt ist und morgen zur Freude. Denn: ist verstanden, dass ihr parallel zu dieser Welt auch ihre Machart haltet, dann ist Spaß am Handeln, genau wie hohe Philosophie wieder gepflanzt in die Wurzeln von Firmen und Familien.

Elektrizität, der Motor, jede Kommunikationsstruktur strotzt voller Polarität. Ihr seid nicht nur die Fahrer eines Autos, ihr seid auch die Mit-Erfinder mit dem Patent sicher in der Tasche. Geht in dieses Wechselspiel der Erde und plötzlich merkt ihr, es ist eures. Männer, ihr seid die Spiegelwesen der Polarität. Ihr habt die Idee aufgeschrieben im Anfang, als die Herzen geboren wurden. Ihr seid zur Eroberung bereit, genauso wie es die

Polarität ist. Der Sonnen-Ball senkt sich in den Horizont und steht am nächsten Morgen wieder aus dem Nachtland auf.

Polarität bedeutet im Urgedanken „Kräftigung" für den Erhalt. Der Donner zieht Blitze an und dann den Regen. Das Eintreten des Mannes in die Frau ist ein Zutritt, hart in weich, voll pochender Polarität und gibt Leben. Euer Pulsschlag, euer Samenerguss ist wie die Physik der Sonnenstrahlen, ihr lebt im Feld dieser Kraft.

Seht, von männlicher Weise ist es, Wettspiele zu veranstalten, dafür Kräfte zu stärken, als Zeichensetzung dieser aufbauend-erfindenden, Energie gewinnenden Struktur. Der Mann, der sich in der Natur seiner Polarität gefunden hat, braucht keine Wut oder Gewalt mehr, denn er pulst überall, alleine durch seinen Gang und den Rhythmus seines Herzens.

Der Mann ruht im integrierten Falle in der Polarität – ein Paradox in sich? Nein, denn er ruht darin, um sogleich zu gehen, zu erforschen, zu produzieren, diese Welt durch sich selbst zu nützen. Erobern heißt im Sinn-Wort, er ist oben, er kommt aus dem Himmel in die Erde und genau so ist es. Der Mann nimmt diesem Wert folgend die Ströme des Lichtes auf, weiß, dass darin Informationen stecken und fügt diese als Teile zusammen. Durch das Verständnis des Mannes von dieser pulsierenden Bewegung und seinem Übersetzungsreichtum, seinem Übertragungsreichtum macht er daraus Zweckvolles in der Erde. Der Mann des wahren Herzens handelt in der Polarität. Er nimmt das Wissen, bündelt es und schenkt es an die Erde.

Söhne der Sonne, in dieses kluge Grundbuch „Polarität", das euch so viel Leben an die Hand gibt, ist der Name eures Herzens eingetragen.

VOM LICHT DES MANNES

Seht, Männer der Welt, dies könnt ihr zutiefst, das ist eure Basis und Fähigkeit: ihr seht Vorgänge, Plätze, Zusammenhänge. Ihr schätzt ein, erkennt den Wert. Ihr seht Materialien und macht etwas aus ihnen. Dieses Vermögen von Wertschätzung ist unendlich wichtig für diese gedeihend-liebende Welt, die einen weiteren Schritt zu sich machen will. Das, was in euch angelegt ist, möge in diesen Zeiten der Transformation bald Maßstab für tragende Brücken und funktionierende Bögen im Menschenbetrieb sein.

Was bedeutet dieses „in euch angelegt"? Es gibt Grundraster, eine Matrix des menschlich-männlichen Gehens. Diese Grundsubstanz ist frei von jeder Beurteilung von euch selbst und anderen, ist frei von jedem Muster und Glaubenssatz. Es funktioniert einfach. Seht und anerkennt ihr diese Systeme der Polarität, der Licht-Kraft in euch und eben der „Wertschätzung", treten sie in eine aktive Beziehung zu euch. Dieser Wert trägt sich selbst, wird Leben und funktioniert daraufhin im Sinne von Erfolg und Perspektive.

Denkt nie, ihr müsst viel tun, nur sehen, was ihr seht. Der Mann sieht den Wertstoff „Bretter" und macht daraus ein Regal. Er sieht den Wert des Mörtels und baut ein Haus. Der Dirigent hört die Musik und holt das Orchester zu dieser Symphonie hinzu. Das ist Wertschätzung von Holz, Stein und Klang. Da sieht einer einen Schatz und macht daraus einen Wert – ein archaisches Wort zum Mann.

Es ist, ihr seht und dann wird es, das ist das Licht des Mannes, der den Wert schätzt. Und genau dieser Blick ist der erschaffende Blick. Euer Blick nimmt Maß, misst Wissen, das sich dann stabilisiert und manifestieren kann. Durch diesen Blick von euch geht das Schöpfermaterial, läuft das Licht als Ur-Aussage und Substanz. Durch euch schwingt diese physikalische Kraft als Machart, verbindet sich, gibt und lässt wieder frei.

Der Mann in seinem Element, sich so erlebend, hat ein betrachtend-schöpferisches Werkzeug. Durch eure Gene leuchtet und bahnt sich das Licht als Wissenskraft seinen Weg in die Erde. Werte Energie arbeitet durch den Mann. Der Mann ist der Werkstoff des Lichtes und dessen größter Schatz.

So wird des Mannes Gehen und Tun wert-vollstes Material für das Erdengehen.

VOM „GANZEN MANN“

Seht den Fischer in seinem Boot auf dem See. Er entnimmt mit dem Netz, was er vormals in das Gewässer hineingegeben hat. Der Fisch, einst klein, nunmehr gewachsen, ist das Werk des Mannes und das Werk des lebendigen Volkes im Wasser. Und der Fischer nützt die stille Stunde, bevor die Rufe des täglichen Marktes laut werden, um sich an dem Vorgang im See zu erfreuen. In diesem ersten Hauchen des Morgens erkennt der Mann seine wahre Frequenz; der gewachsene Fisch, der ihm nun die Versorgung bietet, zeigt es ihm. Gerade noch eine Idee der Lüfte, tauchte der Fisch in den Urgrund des Sees. Gerade noch in der Tiefe wohnend, liegt der Fisch sogleich in dem offenen Papier des Marktstandes.

Die Natur des Mannes lebt von diesem ungebundenen Fall und Steigen. Der Mann fühlt seine Ganzheit in einer Spanne von Wachstum. So geht sein Schritt der Gedanken von dem Einsatz der Saat zur Ernte, von dem eingesetzten Fischlein zum verkauften Fisch. Der Mann wohnt in dem Werk des zu Machenden, bis es gemacht ist. Sein Bewusstsein für sich selbst und sein Wohl-Fühlen liegt in der Brust der sich senkend-hebenden Schöpfung. Der Mann weiß, dass etwas beginnt und verfolgt es bis zum Ende. Den Mann erregt das Sein der Frau. Dieses Gefühl breitet sich aus, findet den Weg durch sein Blut und er gießt sich ganz in sie. Das ist Erotik, pralles Leben und ein Glücksgefühl der Ganzheit.

Es ist ein Streben in euch, Männer dieser Welt, ein Erinnernwollen, um an dieses Ur-Glück heranzukommen. Das braucht Zeit, aber dann dient es der Zeit. Es bedarf eures Temperaments der Innenschau und Außenschau in euren Tagen, zu beobachten, wie Ganzheit sich erschafft. Doch dann geschieht sie in einer Erde, die ständig zur Teilung bereit ist. Euer Blick und Phallus sind feuergemacht. Euer Schöpfungsherd, der sich die Sonne holt und den Strahl senkt, um bildend zu wirken, ist ohne Makel.

Männer des Lebens. Der Mann, der einmal erblickt hat, wie kein Straucheln zwischen Anfang und Ende war, er kann das wiederholen. Es war das Vergessen in euren Körpern. Möget ihr das Wissen vom „Ganzen Mann" neu zeitigen. Und dann lehrt den nächsten Mann und den Knaben und das Knäblein, die weinend in der Ecke sitzen. Denn ist der Mann nicht auf dem Weg zum Mann seiner Ganzheit, dann erneuert sich sein Herz nicht und er findet weder Ziel noch Weg.

Söhne des Fischers! Wie Morgensonne zu scheinen bereit ist, so möget auch ihr bereit sein, mit dem Licht dieser Zeit zu agieren.

Nehme das brennende Herz des Mannes die bereiten Netze, um diese Erde nach Hause zu holen.

DER SONNENMANN

Seht den Mann, der neues Öl in seinen Wagen füllt. Des Mannes Werk in der Welt ist wie dieses Öl in den Motor zu geben und dann damit zu fahren. Die Grundenergie des Mannes ist es, aus etwas Flüssigem das Feste zu machen, aus etwas Daseiendem Brauchbares, damit es wirksam werden kann.

So muss Öl in einer bestimmten Mischung und Zusammensetzung sein, gefertigt und überarbeitet, um dem bestimmten Motor in dem bestimmten Fahrzeug zu dienen.

Der Mann entnimmt dem Leben etwas Anfängliches und lässt es werden durch sich. Der Mann transformiert im Ur-Sinn, er macht aus etwas das nächste. Der Mann ist als der zu beschreiben, der aus dem Anfangs-Licht die warm-flüssigen Strahlen nimmt und sie zu Gold macht. Der Mann, der seine Grundenergie kennt und achtet, gibt dem Licht den entscheidenden Schub, damit es auf die Erde gelangt und ihr nützt. Männer, ihr habt die Elektrizität in Kabel gegeben und diese in die Wände, damit es hell wird in der Nacht.

Männer, ihr alle seid Freunde und Könige, Boten und Gesellen und wieder Freunde des Lichtes. Möget ihr das Erdenleben als eine gelingende Route ansehen, auf deren Achse ihr euch befindet.

Der Mann, im Olivenhain an seinen Baum gelehnt, ist ein altes Bild, das ebenso heutige Strukturen malt. Das Olivenöl ist Trägerfläche vielfältiger Nutzung und Erwerbsmittel ungezählter Menschen. Und der Olivenbaum? Ist erkannt in ihm der unbrechbare Wille und das Siegen des Lebens über jeden Tod, dann zeigt sich das Antlitz des schönen Mannes an diesem Platz.

Der SonnenMann hilft, die Energie der Welt zu wechseln. Er treibt Qualitäten von einer Stufe in die nächste.

Das heißt, in euch gibt es ein lebendiges Konzept, dass etwas gelingt, dass etwas zu Ende geht, dass ein Prozess ein Rund bekommt.

Der SonnenMann taktet mit dem Licht. Mit dieser Frequenz pulst der Mann und gibt sie in sein Tagewerk.

Das Licht ist ein Gesamtwerk, das wie ein Metronom gleichmäßig schlägt, um in die wartend-wachsenden Prozesse der Erde zu gelangen.

Mache aus dem Gold der Herkunft das Öl der Zukunft für den bereitwilligen Erdenschoss.

Gehe, SonnenMann und durchpulse diese Welt mit deinem Strahl der Strahlen.

ZauberFrau & SonnenMann

VON DER LIEBESNACHT

Seht den Mann, der an der Bar auf die Frau wartet. Er bestellt ein Bier und lässt das Glas stehen, bis der Schaum sich setzt. Die Frau, der sein Warten gilt, tritt hinzu und er bestellt ihr wunschgemäß einen süß-bunten Cocktail.

Sie ist sich der Eleganz ihres Auftretens sicher und verbirgt zunächst ihre brennende Gunst, den Mann in dieser Mondnacht in das Feuer ihrer Sehnsucht einzuladen.

Beide finden sich im eröffnenden Sprechen, beide vertraut mit dem Spiel der Augen und Worte, die die Unterschiedlichkeit, aber auch den verlangenden Gleichklang beständig erläutern.

Die Verschiedenartigkeit und einige Farben des Kaleidoskops der Liebesnacht, der sich beide in ihren Andeutungen nähern, finden sich zwischen ihnen in den Details an der Bar wieder. Sie rührt in dem Getränk mit dem Stab, den Früchte und allerlei Dekoration zieren und gibt ihren Blick in die Einzelheiten des Glases. Sie umspielt mit zartem Finger den Strohhalm, den sie an die wohlgeformten Lippen hält. Sie greift die Früchte einzeln vom Stab und erweckt des Mannes ganze Lust, indem sie diese leise in den Mund streicht.

Er währenddessen trinkt in ähnlichen Schlucken das Bier und reduziert sich immer mehr auf das Schauen der Begegnung. Er reagiert in seinen Bewegungen auf sie, nimmt ihren Sprechrhythmus auf, lugt nach Erfahrbarem. Er beobachtet sie, während sie anderes zu betrachten scheint.

Die Frau an der Bar weist sich als Erden-Frau aus, als Fee aus dem halb-verborgenen Märchen, die den Schmuck am Arm dreht und die Tasche mehrmals bedient, voll der wiederum darin verborgenen kleinen Taschen.

Sie weist so den Mann auf das Geheimnis in ihrem Geheimnis hin. Sie verweist ihn auf seine Sehnsucht, in ihr und durch sie die Erde zu erforschen mit all ihren Vergrabungen und Bedeutsamkeiten und den verschlungenen Pfaden und Strecken.

Sie öffnet das Täschchen in der Tasche, das das Rot für den Mund bereit hält, der wiederum Einladung bedeutet, in ihr inneres Weib-Sein einzutreten. Mit ihren Lippen, die sprechen, lachen und ruhen, weist sie den Mann auf den nahenden Verlust seines Samens hin und auf seinen Sieg in ihr zugleich. Er lehnt am Tresen, während sie sitzt. Er nimmt den Barhocker als Partner seines Stehens, um dem angefüllten Weib-Sein ihm gegenüber Aufrechtheit und bereites Stehen zu signalisieren.

In einer zärtlichen Geste streicht er scheinbar zufällig ihr Haar zur Seite und so weiß sie, dass sie ihn in dieser Nacht in ihrem sich öffnenden Labyrinth empfangen wird. Sie gewinnt ihn, jede Minute mehr, gleichzeitig weiß sie um ihren eigenen regen Verlust, denn er wird in ihr tiefstes Geheimnis dringen, es zerschellen und von nun an von ihr wissen, von ihren Schönheiten und von ihren Schmerzen. Er wird sie ausfüllen und von ihrem Trank nehmen. Und so wie sein Anzug in der Nacht über der Stuhllehne hängt, nur eine Tasche darin für einen Schein zum Bezahlen und wenige Utensilien, so liegen im Gegensatz ihre Hilfsmittel fürs Leben, vielfältig und verteilt auf den Polstern als äußere Zeichen der Unterschiedlichkeit.

In diesen Stunden des wandernden Mondlichtes nimmt er sie in die Arme. Und er umfasst und er dringt in das Weib im Ganzen, während sie sich in Fächer und Schübe teilt. So wie er sie erfassen will, so will sie sich ihm in Teilen schenken. Und so wie er ganz in sie gelangt, so will sie sich ihm in all ihren Zeichen zur Deutung geben und will genommen und verstanden werden auf ihren verwunschenen Pfaden.

So erhält er ihr Geheimnis vom Bewahren und das vom Verlust des Bewahrten. Und so erhält sie seine Wahrheit vom Kommen und Gehen. Und er lässt in ihr eine Fußspur zurück, die sie immer betreten kann. Und an ihm wird von nun an ein Stück ihres feinen Tuches sein, das bereit ist, seine Hand oder sein Herz zu hüllen, wenn er blutet.

In dieser Liebesnacht begegnen sich zwei warme Ströme, mehren sich, drängen ineinander, aber auch in das Außerhalb der Zeit. Und jene tosende Sehnsucht in den Sinnen nach dem Eins-Sein wird auch in dieser Liebensnacht nicht beantwortet. Denn diese Antwort trägt nicht die Nacht und nicht der Tag, sondern nur die Liebe selbst.

VOM DIALOG

Seht, in dem Dialog zwischen Mann und Frau liegt ein Faktor Zeit und Nicht-Zeit, den ihr der Begegnung zugestehen möget. Bedenket immer, in dem Mann-Frau-Spiel treffen Götterbote und Göttin zusammen. Das sind in der Substanz zwei so unterschiedliche Kraftfaktoren, dass hier nicht nach Sätzen des Verstehens und Verstanden-Werdens gejagt werden sollte. Ein Dialog zwischen Mann und Frau sollte nicht zum Hindernis-Lauf über Hürden werden.

Deshalb gebet den eigenen stillen Gedanken ein Stück Muße und gleichzeitig dem Gesprochenen des Anderen Raum. Erst wenn die Unterschiedlichkeiten von beiden gewürdigt und erlebt wurden, entsteht ein gutes Miteinander. Der Mann spricht über den Weg, den er gleich geht. Die Frau spricht über den Weg, auf dem sie steht.

Der Mann in einem Laden mit Kleidern bittet, es möge ein Ziel dieser Stunde geben, einen definierten Weg, wann ein Kleid gekauft werden wird. Die Frau in dem Geschäft sagt, es ist schön bunt hier und ich will sehen, was vorhanden ist und mich an den möglichen Farben freuen.

Der Mann in der Schöpfung hat einen Teil in der Hand und ist bestrebt, es zum Ganzen zu führen. Der Mann hört das Wort in sich: „Sei Bote, nimm diesen Stein und bringe ihn zum Berg."

Die Frau sieht die vielen glänzenden Steine in der Erde und sagt: „Die sind gut, die werden sich beizeiten fügen." Die Frau hört das Wort in sich: „Du bist die Göttin, die immer schon da war." Die Frau sieht Stein und Berg und weiß um ihre Erde und sagt: „Heilig ist das eine und es wird zum anderen finden."

Und wenn der Dialog zwischen den beiden gediehen ist, wenn sich auch die Körperformen aneinander gestrichen haben, dann sagt sie: „Es ist schön." Und er sagt: „Es ist schön und es wird noch schöner sein. "

Der Mann berichtet über das Bringen, die Frau berichtet über das Erbrachte. Der Mann beobachtet den Regen, die Frau den Fluss, in den der Regen fällt. Beide haben viel zu berichten, ein Dialog, der über die Zeiten wächst.

In einem Restaurant sitzend sprechen die beiden aus unterschiedlichen Quellen. Der Mann fragt den Kellner, welcher Wein-Anbau in dem Glase ist und wie viel er von den gelungenen Flaschen an die Gäste auszugeben pflegt. Und die Frau spricht über das Wirken des Weines und über die Verteilung auf dem Tisch von Käse und Brot, zusammen mit dem guten Getränk. Und an dem Tisch des beieinander Sprechens gibt es keine Langeweile und auch keine Hast, sich oder den anderen zu versäumen.

Lasset euch die Wege gehen und dann gehet zueinander, auch im Wort, das den Worten der Schenkel vorhergeht! Wenn der Mann darüber spricht, wie dieser trockene Wein noch besser zu bauen sei, dann lasse sie ihn und liebe den Boten in ihm. Und wenn sie über die süßen Weine spricht, die sie schon in dem vormals getrunken hat, dann lasse er sie, denn sie ist die sitzende Schöne am Flussufer.

Und möge das ein guter Abend des Sprechens zwischen Mann und Frau sein, ein Abend, dem der Kellner am Ende fröhlich zuzwinkert.

Und liegen sie in dem Atmen des anderen, so ist dieser Dialog ebenso da. Dann reist der Mann, holt einen Impuls vom Vibrieren des Lebens und gibt ihn in die Frau. Und die Frau liegt in ihrem Leben, in sich ausgebreitet und nimmt das Neue zum Bekannten dazu.

Das ist der angefangene Dialog, der sich in den Nächten zum liebenden Dialog auch der Körper fügt, die geistig am Tage ineinander summten.

Dies ist der Dialog, dem Zeit und Nicht-Zeit vertrauen.

VON DER SEXUALITÄT

Seht, auch die Liebe hat eine Gespielin. Die Liebe, definiert als die sich selbst einwohnende Möglichkeit aller Möglichkeiten. Und die Liebe, die mit sich etwas anfangen will, hat eine Kraft an der Seite, die immerwährend neu anfängt und das ist die Sexualität.

Liebe in ihrem Wesen will sich verbinden. So kommen all eure Tätigkeiten und Handgriffe zustande – der Zucker verbindet sich mit dem Kaffee, das Wasser zieht das Gemüse zu einer Suppe ein. Und die Energie dazwischen, die wiederum vermittelnde Bedeutsamkeit – zwischen Zucker und Kaffee – ist die Sexualität.

Etwas in allen Beziehungen will immer zu sich selbst, wie die Welle an den Strand will. Und so nützt dieses Wissen, das wäre so weise! Sexualität sind die samtenen Webfäden in euren Räumen, in denen ihr euch bewegt. Sexualität sind geladene Felder und ihr lebt darin. Lebt mehr darin und bewusster! Sexualität ist ein Antlitz, das ihr schauen könnt, ein Werk, das lange schon gelungen ist, ein Ziel das unendliche Ziele hat, eine Energie, die mit sich völlig im Einklang ist. Geht aus dem Gehen heraus, was Sexualität anbetrifft, zeigt euch ihr, zeigt euch dieser Kraft, die die Liebe selbst geboren hat und durch die sie sich nährt. Zeigt euch dieser sexuellen Kraft, schmiegt euch in sie, seid euch wert genug, euch von dieser Kraft der Sexualität, die flirrend ist wie ein heißer Sommerabend, bedienen zu lassen.

Der größte Gram von Partnerschaften ist, etwas erstellen zu wollen, was bereits da ist, nämlich die sexuelle Energie. Das wäre, als ob ihr, während ihr atmet, damit beschäftigt seid, das Atmen neu zu erfinden. Sexualität ist etwas in sich Stehendes und je mehr die Partnerschaft aufgestellt ist im Sinne von Gesprächen und Gedanken und Gefühlen, die ohnehin zueinander streben, desto mehr arbeitet die Sexualität für sich und will sich ausbreiten.

Sexualität will ständig vermitteln, so hat es die Liebe im Ur-Sinn bei ihr angefragt. Die Liebe als erhaltende, vulkanische, sich im Mittelpunkt allen Wachsens wissende Kraft hat gesagt, da brauche ich jemanden und etwas, das weiß, was ich mache und das auch ist und das bejaht. Die Liebe als Pilot dargestellt, hat sich einen Co-Piloten geholt, der alles kann, was sie kann und trotzdem eigenständig agiert und das ist die Sexualität. Und da glaubt ihr, ihr müsst wollende Lust erstellen oder erbauen, oder etwas für sie tun, oder Angst haben, dass sie nicht da ist? Das ist, als ob ihr ein Haus solide gebaut habt und nun sagt, ihr müsst jeden Tag Ziegeln heranschleppen, um neue Mauern um das Mauerwerk zu ziehen.

Wenn da Wände zwischen Mann und Frau sind, die stören und trennen und Sexualität verblassen lassen, dann sind das diese gestellten Wände. Dann ist das gestellte Sexualität, wenn sich zwei darstellen. Aber Sexualität und Liebe stellen sich nicht dar, sie sind füreinander da, nutzt dies! Redet miteinander, lacht, schweigt, lasst euch darein fallen was da ist – die beiden machen das schon!

Die Sexualität der Frau ist eine, die sich ständig erneuern kann, ein Feld von Eigenleben und im besten Falle Eigenliebe. Wenn die Frau etwas liebt, entsteht sexuelle Energie als Wärmereibung und dorthin will der Mann. Von seiner Struktur her will der Mann in ein neues Tor eintreten, das gestern so noch nicht war, so noch nicht geschmückt, so noch nicht gekannt. Die Frau ist die Stadt, die ständig neu erwacht in den Dingen, dadurch, dass sie eben diese Dinge tut. Die Frau ist das Geheimnis der Stadt, die jeden Morgen mit neuen Gerüchen und neuen Bestrebungen erwacht. Das ist die weibliche Sexualität.

Und der Mann ist begehrlich, diese Stadt zu betreten, das ist des Mannes Sexualität.

Die Liebe, die die Sexualität herbeiholt, diese beiden zusammen sind die Kraft, die in euch selbst ständig erwacht, heiter, sich selbst erneuernd, Lust habend auf sich. Diese Kraft ist das Gleichnis aller Gleichnisse der neuen und erneuerten Partnerschaften.

VOM SCHMERZ

Seht, es gibt einen Grundschmerz zwischen Mann und Frau. Er verdichtet sich im Laufe der Verbindung immer wieder und im Falle des Bleibens und Durch-Liebens der beiden, geht er in sich und erlöst sich. Dieser Schmerz ist ein Fundament, das ihr zur Erde gebracht habt, und nun will er sich durch euch erlösen, Nähe gepaart mit Zeit und Selbst-Liebe kann das. Dieser Schmerz trägt immer wieder als Folge das Wort: „Du verstehst mich nicht."

Dieser Schmerz der Anders-Artigkeit zwischen Mann und Frau ist eine Idee, sogar eine Ur-Idee und reguliert diese Welt in ihr Gehen hinein. Dieser Schmerz ist der ständige Gebär-schmerz, der sein muss, um das Materielle und das Fein-Materielle funktionieren zu lassen. Die Natur dieses Schmerzes ist ein Reiben, ein Suchen, ein Gehen-Wollen. Fühlen Mann und Frau sich gegenseitig nicht verstanden, sind sie mit einer Kerze zu beschreiben, die nicht brennt, die zwar Wachs und Docht bietet, aber nicht das ist, was sie sein kann.

So ist die Frau, die sich nicht verstanden fühlt, eine nicht angebrannte Kerze, nicht weich im Wachs, nicht brennend. Und der Mann, der sich nicht verstanden fühlt, hält sein Licht in die Luft und sagt: „Es brennt nicht". Diesen Schmerz der nicht genutzten Gelegenheit möget ihr um der Liebe willen nehmen – mit Hilfe der Liebe.

Möge die Frau sich nah kommen und sagen: „Ja ich möchte, dass mein Wachs weich ist." Und möge der Mann zu sich kommen und sagen: „Ja ich möchte, dass mein Licht den Docht entzündet." Das ist das Ende des Schmerzes und der Beginn echten Liebens.

Und nun, in dem Moment der Annäherung eures Mundes, eurer Haut, eurer Gedanken und Gespräche fraget euch: „Was will die Liebe, wie will sie sein, wie ist sie?" Und seht, ihr werdet Antworten um Antworten bekommen. Dieser Reibungspunkt, diese Kernfrage: „Was macht die Liebe, wenn ihr euch anseht, euch begegnet, euch liebt?", das ist der Schlüssel zu den Pforten des sich Verstanden-Fühlens. Denn lässt sich die Frau in die Liebe hineinfließen, dann wird sie weich, lässt sich fallen für und für und der Mann spürt das und will in diese Weichheit. Und lässt sich der Mann auf die Liebe ein, die ihn unzögerlich hält, dann manifestiert er sein Licht im Licht, dann entzündet er in seiner Energie ein Feuerwerk und will dieses Temperament an die Welt geben. Beide könnt ihr mit Hilfe der Liebe diese Welt entzünden und vom Schmerz befreien.

VON DER INSPIRATION

Seht das Bild von der Feier der Ankunft. Die Familie feiert den Tag der Geburt des Säuglings. Die Frau wird für die nächsten Monate mehr zu Hause sein, er wird sich mehr in die Welt bewegen. Und einen ungestörten Moment lang sieht der Mann die Frau mit dem Kind auf dem Arm und weiß, was nun ist: Alles weitere Leben wird er aus diesen beiden geliebten Menschen nehmen und wird durch sie mit dem Bau weiteren Lebens beschäftigt sein.

Er sieht die kleinen Hände, die mit einem Stück Holz spielen. Und er plant, eines Tages Holz zu schneiden für ein Boot für sich und sein Kind.

Und es spricht die ersten Laute und er denkt darüber nach, wie die Sprache der Computer und Telefone aussehen wird, wenn das Kind erwachsen ist. Und er sieht das Kleid der Frau und denkt darüber nach, wie er mit ihr das nächste Tanzkleid kaufen wird, wenn sie das Wochenbett verlassen hat. Er sieht ihre schönen Brüste, an denen das Kind liegt. Und er sieht, wie das Leben alleine die Frau füllt und die Liebe, die sie nun verschenkt.

Der Mann nimmt sich die Inspiration bei der Frau und bei dem was sie tut mit der Erde und was sie in ihr findet und fügt. Die Frau ist mit sich und der Mann kommt zu ihr. Eine Weile bleibt er bei ihr, lässt sich anregen, lässt sich von ihr inspirieren und geht dann in die Welt. Das ist das Urbild.

Die Frau bleibt bei ihren Bedürfnissen, nimmt ihren Platz in der Erde ein, definiert sich, bewegt und wandelt sich innerhalb ihrer Definition. Die Frau erfährt sich dauernd neu und weiß gleichzeitig immer, wer sie ist. Sie hat ihre Vereinbarung und Verbindung mit der Erde und die hält sie ein. Die Frau hört ihrer eigenen Liebe zur Erde zu und dem Fluss, der ihr den Himmel brachte. Sie lauscht dem Elfenspiel, spürt das Meer in sich, wiegt sich leise im Takt des Lebens.

Das ist anziehend für einen Mann. Zu dieser Frau möchte er, diese Verschmelzung mit dem Leben möchte er kennen lernen und miterleben. Das inspiriert ihn, dadurch erinnert er sich an seine Kraft, setzt sie frei und gibt sie in die Welt. Der Mann, der in der Kraft der Frau war, eine Weile in ihr gewohnt hat, wird aktiv. Er entwickelt Ideen und setzt sie in Taten um. Durch ihre Kraft des Daseins fühlt er seine Kraft des Gehens.

Wenn der Mann bei der Frau ist, fühlt er ihre innere Feier. Er hört dem Ton der Erde zu, den sie in sich trägt und führt, inspiriert davon, diese Feier in die Welt.

VOM ZUSAMMENLEBEN

Sehet, wenn Blumen und Büsche als Garten zusammenleben, was dann geschieht. Ein ständiges Erwachen, ein ständiges Drehen um sich selbst. Das tut jede Blume, die sich in ihrem Reigen des Selbst-Liedes summend zum Wachsen anregt.

Wenn ihr zu dem anderen geht, um ihn in den gemeinsam bewohnten Räumen zu umrunden, alsbald ist der Garten eures Zusammenlebens eine Wüstenei. Denn die Blumen blühen an ihren Plätzen, die zu formen sie bereit sind, so seid auch ihr dies. Bilde ein jeder seinen Sessel und seinen Raum und seinen Teil des Raumes zu dem, wie er selbst ist und sein will. Und richte ein jeder von den beiden dies mit Humor, denn Humor ist der Pinsel, den ihr von dem Schalk der Erden-Idee in die Hände bekamt.

Was ihr als Duft riecht von den Rosen und von dem Oleander ist ihr Lachen. Und was sie versprühen, ist das Wissen, dass sie unendlich geliebt werden und dann lachen sie und freuen sich ob des nächsten Geliebt-Werdens.

Ja, freuet euch auf das Geliebt-Werden, das Geliebt-Werden vom Leben selbst, das der nächste Moment erweist, dann sprüht ihr wie die Blumen. Diese Vor-Freude auf das nächste Geliebt-Werden vom Leben selbst ist keine Gunst oder eine freundliche, etwaige Ergänzung zu euren Tagen. Nein, sie ist die Wurzel des Grundstocks, die tiefste Verbindung der ehrwürdigen Linde zum Erdreich.

Lernt ihr, diese Energie der Energien zu nehmen, dann entwerft ihr binnen schnellster Zeit eine neue Welt von Mann und Frau, auch in eurer bestehenden Ehe, auch im frisch erdachten Zusammenleben, auch in der scheinbar eingestaubten Beziehung. Dies zu entdecken, was als Fundus des Geliebt-Werdens in der Luft liegt, ist der Zündstoff für das Gelingen, das ihr euch so sehr wünscht in den Partnerschaften. Und das einzig aus dem Grunde, weil jeder in die richtige Richtung sieht. So blickt ihr auf die Liebe, die ihr euch so sehr wünscht in den Verbindungen. Weil ihr sagt, da wird gleich etwas Gutes geschehen mit mir.

Eines Tages sitzt sie an der Näharbeit und er an der Reifenmontage. Und das Freuen der Frau ist bei dem neuen Tuch. Und das Freuen des Mannes ist bei der Fahrt mit dem offenen Wagen. Und dann haben wir die Konstellation, die gelingt, denn keiner zieht an des anderen Freude oder Lust. Sie war an ihrem Nähtisch und erkundete freudig die Farben der Welt. Und er war in den Karten und erkundete freudig die Philosophien der Welt. Das ist der Garten, in dem Liebe gelingt! Und was ihr liebt, ist des anderen Frohheit über das Leben. Und will einer von des anderen Frohheit profitieren, was liebt ihr dann? Das Drehmoment des Partners ins Leben ist es, was ihr lieben könnt, ein Leben lang und mehr. Blühe jeder für sich, so tun es Rose und Oleander, so möget auch ihr es so tun.

VON DER BEGEGNUNG

Die Begegnung zwischen Mann und Frau ist das Begehen eines Supermarktes.

Beide stehen vor den unzähligen Produkten und fragen sich, was das alles ist. Die beiden treffen aufeinander, treffen auf die ganze Unterschiedlichkeit und Vielheit und fragen sich, warum da so viel ist und warum da mehr ist, als jeder zunächst erfassen kann.

Es gibt auch eine Versuchung zwischen Mann und Frau, alles gleich anzufassen, die Faszination zu nehmen und zu probieren in sehr schneller Zeit. Das jedoch geht nicht in der Fülle der Waren und Möglichkeiten. Also lasset Schwerelosigkeit zwischen euch, ein Gleiten wie das des Einkaufswagens zwischen den Regalen, ein Ideen-Kommen und Gehen zwischen Euch. Diese Begegnung Mann-Frau ist nicht der Supermarkt der Möglichkeiten, er ist der Großmarkt und die Müller und Mühlen und Bauern und Felder dahinter.

Also ist es in der Schöpfergeschichte, dass das Anlegen von Möglichkeiten auf der Erde in Mann und Frau stattgefunden hat. Also sind Mann und Frau das zusammengetroffene Spektrum aller Lebenswenden und Drehungen und deren Perspektiven. In der ersten Begegnung gibt es das Erkennen dieses Spektrums, in dem ersten Augenkontakt, in dem ersten Spüren der Haut. Und so ihr weichet, so weichet ihr vom Wollen des All-Eins. Und so ihr weichet aus der Begegnung, weil es so anders ist, weichet ihr von euch selbst. Und so ihr weitergehet in der Mann-Frau-Begegnung, so macht ihr Platz für euch selbst und sprecht aus, euch selbst weiter erörtern zu wollen.

Also ist jede Begegnung zwischen Mann und Frau eine Erzählung, die ihren Weg zur eigenen Geschichte finden will. Sie ist die Auflistung aller Zeilen und Bücher, sie enthält alle Gedichte und jede Komposition der Musik findet sich in der Mann-Frau-Begegnung wieder. Es sollten die Möglichkeiten der Zusammensetzung von Definitionen allen Lebens gefunden werden und das ist in Mann-Frau gefunden.

In dem Manne ist das Hart-Werden angelegt und in der Frau das Weich-Sein. Und das sollte gefunden werden wie für das Ei die Eierschale und für den Fuß der Schuh. Und jetzt, in dieser ersten Begegnung, in dem ersten Kusse schon, nähert sich die Frau an ihre gute Festigkeit und der Mann an seine reine Weichheit, weil die magnetischen Pole wirken und der Grund-Wille gelingt. Und bleibt ihr mutig und halten die Augen stand diesem überirdischen Aufprall der Kontraste, dann kommt die größte Chance zustande, das Ur-Schöpferische in seinem Willen zu begreifen: Die Verbindung, die Vereinigung, in einer fassbaren und zugleich unfassbaren Formel. Das Multiplikationsfeld „Liebe" findet sich in dieser Begegnung, in einer Sekunde, in einem Augenaufschlag, in einer Berührung.

Und in jedem Atemzug zwischen Mann und Frau, in jedem getauschten Blick und in jedem Sehen, wie der andere sieht, erweitert sich das Forum für das Ur-Schöpferische. Dann sind Mann und Frau die unendliche Klaviatur des Piano für das Licht-Liebe-Spiel.

So achtet immer, dass die Begegnungen nicht starr werden, ihr sie benutzt oder alt betitelt, denn sie sind es nie. Sie sind angelegt als das neue, erneuernde, immerwährend anziehende Daselbst. Und es ist der größte Mut von Mann und Frau, diesem Beben, diesem Elementar der Energien entgegen zu treten. So sieht die Frau in dem Auge des Mannes, was der Schöpfer will – die Rinde am Baum, den Mähdrescher für das Feld, die Tastatur eines Gerätes. Und so sieht der Mann in den Augen der Frau, was der Schöpfer will – die Maschen eines Pullovers, das Innere der Semmel, den Duft in einem Raum. Und so waget es miteinander und weichet nicht zurück vor dem Anderen, der so anders ist und so vielfältig wie der Supermarkt der großen Stadt. Denn nur durch euer Weilen und euer Wollen in der Begegnung lernt ihr die Schöpfer-Idee kennen und den Geist und den Humor und den nie endenden Reichtum darin.

VON DER HEILUNG

Seht die geöffnete Brust der Frau und den Mann, gespannt in seiner Lust. Es drängt die eine Hand in die Haut des anderen. In diesem Moment geschieht etwas Elementares. Es stellt sich die Selbst-Liebe der Liebe gegenüber.

Jeder kennt und nennt das Streben seiner Tage und Tätigkeiten, sich selbst zu fühlen. Und in der Liebesnacht kommt der Andere dazu, der sich auch fühlt und fühlen will – und es kommt, verstärkt durch den Duft der Sterne, das vermehrte Geheimnis der Liebe. In der Liebesnacht finden sich die höchsten Möglichkeiten, Liebe zu vermehren und Liebe zu feiern.

Aber hier sind auch die Nöte und Krämpfe einer geschehenen Zeit zu finden, deren Lösung es nun zu beglaubigen gilt. In den Nächten und Betten, die trocken bleiben und einsam, ist es zu sehen im Halbdunkel der schmalen Fenster. Ihr habt beinahe aufgehört, zu lieben auf der Erde. Ihr habt beinahe aufgehört zu lieben! Ihr habt euch in dem Spiegel verhangen, habt euch und andere gewertet und habt gesagt: „So bin ich und so muss ich gesehen und geliebt werden und so ist der andere." Aber auf diese Weise ist kein Wachsen möglich. Der Baum steht in der Liebe, die da ist und immer da war – wissend wachsend – und nicht in diesem Törichten gesehen werden wollen und dem Hinterfragen. Nichts in der Natur ist so, dass es gesehen werden will oder geliebt werden will für das, was es ist.

Es wissen die Blume und jeder Ast: Ich wurde geliebt, ich werde geliebt für das, was ich bin und war.

Ihr wurdet geliebt, ihr werdet unendlich geliebt! Warum darum ein Gewese machen? Wisst es, seht es, am Tag und in der Nacht – wozu dann diese bedrückend viele Jagd nach Wertschätzung und Anerkennung, die den Fluss so hemmt, überall in den Büros und in den Küchen – und in den Schlafzimmern! Ihr seid, was gleich ist, so ist die Liebe und nicht, was ihr gerade noch von euch gedacht habt oder hören wolltet über euch, das ist Stillstand, kein Wachsen.

Und nun glaubten viele, dass der Verlust der eigenen Liebe aufgefangen wird in den Liebesnächten, aber das ist nicht möglich. Denn dieser Verlust liegt lange vorher, als das Gottesbewusstsein vergessen wurde, das nichts anderes ist als das fundamentierte Wissen vom Geliebt-Werden. Und nun liegen alle Erwartungen an dieses Geliebt-Werden in euren Kissen, hilflos mit Rosenblättern umbettet. Alle Hoffnung liegt hier im Warten und in den Erwartungen, geliebt zu werden auf diese und jene Weise. Und genau diese Erwartungen, der andere muss mir zeigen, wie ich bin und wie gut ich bin und wie schön und begehrenswert ich bin, da ich es selbst nicht weiß. Genau das hat die Lust in den Schlafzimmern abgebrannt bis auf die Grundmauern.

Seht, wenn sich die Frau der Liebe in den Duft ihrer Haare legt und sich bettet in das lustvolle Gefühl, freudevoll vom Leben geliebt zu sein, in der Erde zu sein, aufgefangen zu sein, feucht zu sein mit sich, ihr eigener Fluss zu sein. Es gibt nichts Aufregenderes, nichts Begehrenswerteres für den Mann als dieses. Dann will der Mann diesem Fluss aller Flüsse zuhören und zärtlich und achtungsvoll fragt er an, sein Boot und sein Segel in diese Schönste neben sich setzen zu dürfen.

Es ist ein großer Rückzug geschehen in die eigene Klein-Wohnung, um nicht in die Gefahrenzone zu kommen, dass die mühsam erklommene Eigenliebe genommen wird von dem anderen. Und wir sagen euch: Hört auf die Stimme des Morgen und nicht auf die Stimme des Gestern. Und wir sagen euch, nur in der Begegnung, in dem Wandern der Körper und des Geistes zu dem anderen, ist wahre Selbstliebe möglich. Die wahre Selbst-Liebe besteht darin, alles zu lieben und nach vorne zu drängen mit seiner Liebe und bei allem Wachsen beteiligt zu sein und bereit zu sein, überall die Liebe zu sehen und ihr zu begegnen und von ihr zu wissen.

Jede Wertung von dem, was ist oder gar wie es sein soll, macht diesen Gang nach vorne unmöglich und zunichte und jede Begegnung mit einem anderen Menschen sinnlos und gelangt in die Entfremdung statt in die Nähe.

Selbst-Liebe besteht nicht aus Rückzug und dem scheinbaren Wahren seiner Aura. Selbst-Liebe ist nicht gesehen werden-wollen, sondern zu sehen. Selbst-Liebe ist, sich zu mischen mit seinen Körpern und Sinnen und sich dieses freudigen Mischens bewusst zu sein. Selbst-Liebe ist, die eigene Liebe gar nicht verlieren zu können und dann zu sein und zu gehen. Selbst-Liebe ist der Gang nach vorne in das Leben, so wie es ist und wie es sein wird. Erst die Selbst-Liebe birgt in sich die Möglichkeit und Bereitschaft, den anderen nach vorne zu treiben und treiben zu können und ihn in seine Lust zu bringen.

Seht den Baum, der in der Selbst-Liebe ist, er wächst aus der Wurzel, er gedeiht, er ist das Wachsen-Wollen und so schön ist er in seiner süßen Frucht. Der Mann ist das Wachsen-Wollen und das Erblühen im Inneren der Frau. Und die Frau will sich öffnen und wachsen und sich zeigen in ihr Liegen hinein, in ihre Erde hinein. Liebe, Selbst-Liebe, Nächsten-Liebe nehmen das nächste und gehen und bleiben nie stehen. Ist der Baum, der sich weigert, ein Stuhl zu werden, in der Selbst-Liebe? Und ist die Blume, die sich weigert, ein Strauß in der Vase zu werden, in der Selbst-Liebe? Die wahre Selbst-Liebe richtet nicht und wertet nicht. Baum und Blume richten nicht und werten nicht. Sie schützen sich nicht und nisten sich nirgendwo ein. Oder habt ihr einen Tag in der Welt gesehen, an dem die Erde sich hinter Türen verschlossen hat? Habt ihr schon einen Tag erlebt, an dem ihr vermisst habt, Atem zu holen? Habt ihr jemals Musik gehört, die unhörbar war? Die Liebe liebt. Diese Wahrheit, das möge euer Lieben sein. Macht euch nicht kleiner als es die Luft ist und die Musik oder Blume und Baum.

Ihr werdet die Liebe zu euch selbst nicht kennenlernen, wenn nicht im Gänzlichen über die Begegnung mit dem anderen, wenn nicht in der Begegnung Mann-Frau.

Wenn der Mund und das Wort und das Verlangen des anderen zu euch drängen, dann nehmt diesen und das wollende Wollen in euch. So wie der Baum in die Erde drängt, so drängt der Mann zu den Schenkeln der Frau. So wie die Blume in ihrem Liebreiz duften will, so legt die Frau ihre Feuchtheit in die Laken. Ihr ladet die Liebe neu ein durch die Liebesnächte.

Und wir sagen es euch im starken Ton dieser Zeit. Sie war beinahe ausgeladen durch das Missverständnis der Selbst-Liebe im Sinne von Schutz, also dem Schutz des Eigenen vor der Andersartigkeit. Die erhaltende Liebe in diesem Sinne war beinahe ausgeladen worden durch die Angst vor der Berührung des Anderen. Es ist beinahe die Krankheit des Nicht-Mehr-Berührens entstanden durch die Aufgesetztheiten und Schutz-zonen und Glaubensformeln, was und wie der andere ist und zu sein hat und wie ihr selbst zu sein habt.

Es ist gesprochen worden das weise Wort von dem „Dresch-boden der Liebe" und „von der Liebe, die krönt und kreuzigt", das Buch steht in eurem Regal. *

Und wir sagen euch, staubet dieses Buch ab, nehmet die Worte in euren Kreislauf und ladet die Liebe wieder ein, die wächst! Ja was sollte sie denn anderes tun wollen als zu wachsen in euch? So lasst es zu, das der Phallus in der Hand der Frau wächst und

* Khalil Gibran: Der Prophet, Walter Verlag AG, 1991, S. 13 - 14

96

lasst es zu, dass der Mann sieht, wie die Frau ihren Quell nach außen wölbt. Geht diese Zukunft der Liebe wieder ein.

Umgeht nicht den Schmerz, umgeht nicht die Furcht, umgeht nicht die Andersartigkeit! Aber umgeht die Vorstellungen, wie der andere zu euch sprechen und sich bewegen und wie er euch nehmen soll. Umgeht die Wertung und geht durch euer Stecken-bleiben im: „So bin ich und so soll der andere sein." Wisst wie wunderschön ihr seid in dem, wie ihr seid. Und wisst darum, das ist die Erden-Idee, die Liebes-Idee, die Idee der Lust-Nächte, dass ihr immer noch schöner sein werdet! Durch das geliebt-Werden-Wollen seid ihr fast stecken geblieben im Erden-Betrieb. Ihr werdet geliebt, ihr seid unendlich geliebt! Von der Blume, vom Apfel, vom Göttlichen, von der Liebe! Was soll jede weitere Suche und jede weitere Bestätigung bringen? Liebt, dann geht es weiter, überall, überall.

Ihr könnt euch noch viel mehr geliebt fühlen, das ist, was die Liebe will und kann. Denn was anderes sollte sie wollen, als das Beste von euch selbst. So wie die Liebe als Energie das Beste vom Baum will und das ist die Frucht, so wie sie das Beste von der Rose will und das ist ihr Öl. Die Liebe als Energie ist die ausgereifte Form der Selbst-Liebe, die sich in alles hineinsetzt ganz selbstverständlich und durch absolute Nicht-Wertung lebt.

Wie kann das getan werden? Sagt noch einmal Ja dazu, dass das Geliebt-Werden sich einfach in euch setzt durch euer Atmen. Hört mit der Wertung anderer auf, wie sie sind. Und hört mit der Anstrengung in den Tagen auf, nach Liebe zu heischen und nach Anerkennung. Wisst um sie, wisst um die Liebe, das ist Licht! Und in den Nächten: nehmt, was euch erschreckt an dem anderen, erfahrt, was ihr noch nicht wissen konntet, nur das ist Liebe. Seht hin, was noch alles versteckt ist, geht hin, wo ihr noch nie ward. Seid wie die Nächte, geheimnisvoll, auch euch selbst gegenüber, gebt euch hin und zwar dem Anderen, dem Neuen, dem Weg, der noch nicht beschritten wurde. Pflanzt, wo ihr noch nicht gepflanzt habt. Alles andere ist faule, halb-laue Selbst-Achtung, die den Namen Liebe nicht verdient.

Eure Liebe liebt was der andere noch nicht ist und liebt, was ihr noch nicht seid, aber gleich sein könnt.

So liebt sich der Baum, er liebt das Blatt und das, was er gleich ist, die Frucht. Der Baum ist in einem ständigen Liebesspiel mit der Luft, dem Regen und der Sonne, aber auch mit dem Stra-ßenlärm und der Axt des Baumfällers. Der Baum stellt sich vor sein eigenes Spiegel-Bild, was nicht bedeutet, er sieht nur, was ist. Spiegel heißt, ich kann sehen, was die Liebe als Energie noch bereit hält. Der Baum sieht sich in dem Weiter-Wachsen und in den Früchten und in den Konfitüren aus den Früchten.

Und das Spiegel-Gesetz heißt nicht, da sehe ich etwas an dem anderen, was also schlecht an mir ist. Sondern ihr seht etwas Un-bekanntes, einen nächsten Schritt, einen weiteren Atemzug, der eure Liebe strafft und vergrößert. Wenn ihr vor einem Spiegel steht, dann fordert der euch auf, etwas zu zupfen zum Schöneren, euch zu drehen in dem Erotischeren, das macht der Spiegel. Der Spiegel fordert auf, das neue Tuch zum alten Gewand hinzu-zunehmen.

Wenn ihr nur das Bestehende von euch liebt und ihr wollt Bestätigung dafür haben, dass der Partner das Bestehende an euch bestätigt, dann ist nichts verstanden. Wenn ihr nach der Liebe als ein einlullendes Schlaflied greift, dann werdet ihr ausgespuckt und gehört nicht in die Liebesnächte hinein, die von anderer Na-tur sind. Heilig ist, wenn nichts verbannt wird und nichts aus-geschlossen wird. Hohe Liebe weiß von sich, kennt ihren Wert und tritt deshalb immer neu hervor. Deshalb ist es nicht die Auf-gabe einer Liebesnacht, darauf zu warten, dass der andere liebt, was da ist. Denn der andere ist beauftragt vom hohen Gesetz, das zu lieben, was da sein kann und da sein wird.

Und nur so steigt ihr in den Zenit der Lust, in den Zenit der Freude, wenn ihr nicht mehr erwartet, dass ihr geliebt werdet für euch selbst, sondern wenn ihr geliebt werdet für das, was ihr von euch selbst noch gar nicht wisst. Das ist der Spiegel der Paare. Der Baum findet seinen Spiegel, also das, was er sein kann, seine schönste Form im Nächsten. Sein Spiegel ist die Frucht, die noch reift und die Höhe, die noch erklommen wird und die Festtafel, für die sein Stamm noch gezimmert wird. Die Liebe ist sein Spiegel, die ihn machen wird und darin wiegt er sich und liebt und liebt.

Und gebet eure bisherige Selbstliebe und das schale Hangeln danach in die Liebesnächte hinein und lasst euch enttäuschen und lasst euch verletzen und blutet, denn nur so ist das neue Blut der Liebe möglich auf eurer Erde. Und benetzt euch mit Tränen und wenn die Tränen zu Salz geworden sind, dann wagt und wagt. Eine Liebensnacht kann das Schafott der Selbstliebe sein, im Sinne der Frage, „Werde ich geliebt?", im Sinne von Erwartungen. Und diese Zeit der Wandlung schiebt dieses Schafott an eure Bettstatt.

Und wenn dieses Blut geblutet ist, dann ist Heilung. Dann ist die Liebensnacht die Erfahrung aller Erfahrungen, wohin ihr noch gehen könnt, welche Drehung ihr noch machen könnt, welche innere und äußere Bewegung euch noch nährt und dann den anderen lustvoll mitreißt.

Ja, die Liebe drischt euch, ja sie treibt euch nach vorne, denn das ist, was ihr wolltet. Ihr wolltet wachsen im Erdenbetrieb und sehen wer ihr sein könnt und nicht stehen bleiben und sagen: „Oh wie gut bin ich bisher." Lieben wolltet ihr, nun, hier ist die Möglichkeit dazu. Ihr wolltet sehen, wer ihr seid. Nun, hier in der Schweiß-trunkenen Nacht der Lust ist die Gelegenheit dafür. Findet, was ihr finden wollt in dem feucht-bebenden Schoss der Frau und bei dem Mann, der seinen Phallus anfüllt an dem unendlichen Strom.

VON DER LIEBE I

Der Eiskunsttänzer hat eine aufrechte Haltung. Er ist bei sich angekommen, verlässlich, ruhig und bereit. Er weiß um seinen lichten Himmel als seine Heimat und steht darin. Er erschafft die Himmel-Erde-Achse. Das Licht ist seit Anbeginn in ihm und erneuert sich durch ihn. Es ist, lebt und erschafft seine Kraft. Der Mann beobachtet seine Partnerin und ist jederzeit bereit für die Begegnung mit ihr. Er ist bereit für ihr Ankommen, ihr Bleiben, ihr Gehen und Fliegen. Er kennt ihr Temperament und alle ihre Wege und Bewegungen und pariert diese.

Die Eiskunstläuferin ist schön in ihrem glitzernden Kleid, mit der Erde verbunden, sich erneuernd dafür, zum Himmel zu lächeln.

Sie zeigt, woher sie kam, dreht sich, kehrt zurück aufs Eis. Sie sieht und fühlt nach innen, spürt die Liebe, die Bewegung der Erde und übersetzt sie in sich. Sie tanzt und zeigt die anmutigsten Kreise auf der weißen Fläche.

Meisterhaft fängt der Mann sie auf. Er hält sie, gibt ihr den Rahmen für ihre Bewegung und Schwung für den nächsten Schritt. Er wirft sie empor, damit sie die Blicke der Menschen empor lenken kann. Sie sieht ins Publikum und nimmt das Auge des Zuschauers mit nach oben. Sie lenkt den Blick der Menschen zu dem Bild des absolut Göttlichen, das in ihr verankert ist.

Mann und Frau bewegen sich auf fest gewordenem Wasser, auf dem Kristall der Gefühle, das ihre Liebe hält und strahlen lässt.

VON DER
SEELENPARTNERSCHAFT

Seht, das Dual, die Partner der Seele, sind Sehende des eigenen Wesens und des Wesens des anderen. Wird dieses zu einem Vermögen, zu einer erklommenen Transparenz in den Tagen, dann kann eine Partnerschaft zur Seelenpartnerschaft werden. Seele ist benannt als das, was sich vollkommen sieht. Seele ist das Licht im Lichte, bewusstes Wissen, das weiß und sich darin erkennt.

Mann und Frau beobachten den Morgen, den Tag, die Nacht des anderen. Sie beobachten die bleibenden und die dazukommenden Werte beim anderen. Seelenpartnerschaft ist dann möglich, wenn jeder der beiden sich in seinen eigenen Prinzipien entwickelt, diese lebt und in ihnen weitergeht. Seelenpartnerschaft ist wie ein vollkommenes Hinsehen an einem Abend im japanischen „Running Sushi"-Restaurant.

Verschiedene Schalen laufen auf einem Band, von dem sich der Gast bedient, Reis wird gereicht. Im Laufe des Abends wiederholen und wandeln sich die Dinge, aber auch bleiben Verläufe und Dargebotenes gleich. Speisen werden angeboten, sind fort, kehren wieder, neue kommen dazu, kehren wieder. Der Gast hat die Möglichkeit, sich das Angebot immer wieder anzusehen, Vorlieben zu entwickeln, das eine zu nehmen, das andere weiter laufen zu lassen.

Er kennt nach einer Weile die Speisen und entdeckt auch neue. Er wählt, sieht, nimmt.

Er probiert eine Soße dazu, kombiniert hier neu, isst jedoch auch Wohlbekanntes aus einer ankommenden Schale.

In dem Spektrum der Wahlen und Variationen des Bekannten und Festgelegten eines solchen Restaurant-Besuches, ist Seelenpartnerschaft beschreibbar und entdeckbar.

Ein gelungener Abend in diesem Restaurant ist wie eine glückliche Partnerschaft. Seelenpartnerschaft ist, wenn jeder der beiden in der Lage ist, alle festliegenden Prinzipien und auch alle Wandlungen des anderen zu betrachten und wertfrei über die Zeiten mit zu verfolgen und mitzugehen und dieses Gehen zu lieben und immer wieder zu lieben.

Es kann für einen Menschen den einen Seelenpartner geben, es kann aber auch mehrere geben: wichtig ist nicht die Person, sondern das Prinzip dahinter. Ein Mensch kann in dem einen Menschen alles entdecken, sämtliche Abläufe, die Welt in allen Facetten. Er kann aber auch die Welt des anderen Geschlechtes in verschiedenen Menschen sehen – als Seelenmosaik. Er sieht in den Süden durch das Anblicken des einen Menschen und in den Norden durch das liebende Beobachten des anderen. So trifft eine Seele die andere im wissenden Lieben.

VON DER FREUDE

Seht die Frau, die am Ufer steht. Sie sieht hier den Urgrund Meer und hier den Urgrund Erde. Beide heben sich, wiegen sich, geben sich zueinander. Das Meer weint die Träne der Freude über sein Wissen. Und diese Träne geht zum Berg. Und jeder Stein weint die Träne von der Freude über sein Wissen. Also keltert die Frau ihre Gefühle und ihre Tränen und nimmt das Salz aus den Bergen und aus dem Meer und geht nach Hause zurück.

Dann sagt sie zu dem Mann: „Wir können die Freude über das Leben bei uns haben, wir müssen nur zum Berg sehen und zum Meer, hierin ist alle Wahrheit und alles Geheimnis. Berge und Meere sind angefüllt mit den gefühlten Gefühlen der Menschen, also mit ihren Tränen. Und das Kristall ist das Kristall der Erinnerung an den göttlichen Ur-Ton „Freude"."

Es gibt die Freude, die alles wandelt zum Anderen und wieder zum Anderen. Und die beiden lachen ein wenig und weinen ein wenig, denn es hatte einen Zwist und ein Nicht-Verstehen gegeben, der sich nun wandelt.

Und der Mann erinnert sich am nächsten Tag an die Qualität des Salzes aus dem Meer und vom Berg. Er untersucht die Konsistenz und entdeckt neuerlich die gesunde, natürliche Wirkung darin. Er reist in das Bergland, woher das Salz kommt und erfährt alles darüber. Er reist zu den Salzfeldern, die bestellt werden und macht sich kundig. Er studiert, wie er Zeichen setzen kann für das Leben in der Partnerschaft. Er gibt seine Kraft und seinen Ideenreichtum hinzu und leuchtet das Salz mit einer Lichtquelle an: so entwickelt er eine Salzlampe.

Er kehrt nach Hause zurück und stellt die Salzlampe ans Bett der Frau, die er liebt, damit ihr Schlaf gut behütet sei.

Dann geht er zu einem Freund, der Brunnen baut. Und sie tüfteln und denken und bauen dann einen Brunnen aus Wasser und Salz. Und er stellt den Salz-Brunnen in das Zimmer der Frau, die er liebt, damit es ihr wohlergehe und damit sie sich immer erinnere an die Freude. Dann nimmt er einen Laden und verkauft die Salzlampen und die Salzbrunnen zum Wohle der Menschen.

Seht, es ist so viel Erinnern in euch. Es ist so viel Erinnern an die Freude in euch.

Dieses Erinnern ist der Pfad zur Liebe in euren Tagen.

VON DER LIEBE II

Seht das Paar, das in den goldenen Stoff gehüllt ist und in die Worte und in das einflutende Licht, einander zugewandt. Fraget nach der Liebe und ihrer Natur, wenn ihr Partnerschaften lebt.

Frage die Frau nach ihrem innewohnenden Zauber, sich offenbarend sogleich.

Frage der Mann nach sich und nach der Sonne, die ihn anstrahlt und vieldimensionale Kraft in ihm hervorzubringen vermag. Und in der folgenden Stunde nimmt die Frau den Mann in sich und umhüllt sein Sehnen, gleichwohl er sie in seine Arme nimmt.

Seht, die Liebe selbst hat ein Sehnen und ein Suchen und ein Wollen in jedem Gewand, das fällt und in jeder Sonne, die sich in die Nacht neigt.

Die lichten Tore der nächsten Zeit sind offen.

Und das Wort von der Liebe und das Wort von der Liebe in euch ist nun nochmalig aufgeschrieben.

Bücher von Robert Betz

So wird der Mann ein Mann!
Wie Männer wieder Freude am Mann-Sein finden

So kann der Mann ein Mann sein! Robert Betz gibt dem modernen Mann völlig neue Impulse, um wirklich als Mann zu leben: frei, selbstbewusst und authentisch. Um Verunsicherung und Selbstzweifel hinter sich zu lassen und das wahre Mann-Sein zu entdecken – in allen Bereichen des Alltags-, Berufs- und Beziehungslebens.

Integral Verlag – 2010 · 288 Seiten · geb. · inkl. Vortrag auf CD · € 18,99

Auch als Hörbuch erhältlich:

Verlag Roberto & Philippo – 2010 · gelesen von Robert Betz · € 29,80

Wahre Liebe lässt frei!

Wie Frau und Mann zu sich selbst und zueinander finden

In der Liebe suchen wir höchste Erfüllung finden aber häufig Enttäuschung, Verletzung und Schmerz. In herzerfrischender Weise lässt uns Robert Betz das große Lebensthema in völlig neuem Licht sehen: Wahre Liebe macht wahrhaft glücklich, weil sie den Menschen gleichermaßen zur Freude an sich selbst wie am anderen führt.

Integral Verlag – 2009 · 353 Seiten · geb. inkl. Live-Vortrag auf CD · € 19,95

Auch als Hörbuch erhältlich:

Verlag Roberto & Philippo – 2009 · gelesen von Robert Betz · € 34,90

Zersägt eure Doppelbetten

Die Liebe zwischen Mann und Frau in der Neuen Zeit

Der renommierte Diplompsychologe und Lebenslehrer Robert Betz stellte der „Geistigen Welt" mehr als 120 Fragen über Frau, Mann, Liebe und Sexualität – und erhielt überraschende Antworten, die zu einem völlig neuen Verständnis von Partnerschaft und Ehe führen. „Zersägt eure Doppelbetten und macht Rollen darunter" ist einer von vielen erfrischend-provokanten Aussagen, mit denen wir aufgefordert werden, mit der Beziehung der Unfreiheit und der Ehe der Langeweile jetzt aufzuräumen.

Ansata Verlag – 2010 · 416 Seiten · geb. · inkl. Live-CD · € 21,95

Gemeinsam statt einsam
Wie sich Singles und Paare aus der Isolation befreien

In unzähligen Beziehungen fühlen sich Mann und Frau nicht erfüllt und beglückt. Die Erwartungen an das Glück zu zweit werden enttäuscht und wir suchen die Ursache meist beim anderen. Dieser Vortrag beschreibt eine neue Grundhaltung, in der sich Männer und Frauen begegnen dürfen, damit ihre Beziehung nicht zu einer klebrigen „Kaugummi-Beziehung" wird, sondern zu einer lebendigen Liebesbeziehung, in der sich die Partner selbst und gegenseitig ehren und würdigen und einen respektierenden Abstand wahren zueinander.

Verlag Roberto & Philippo · CD · € 15,-

Sex mit Herz
Die Lust am Körperlichen in Liebe feiern lernen

Die Freuden und Leiden rund um unsere Sexualität gehören immer noch zu den verpöntesten Themen, über die man miteinander nicht offen und intim sprechen kann. Wir haben ein gebrochenes, ein schwieriges Verhältnis zu unserer Sexualität, zu unserem Körper und auch zur Liebe. Zur unschuldigen Freude an der Lust erregter Körper haben bisher noch nicht viele Menschen gefunden. Sie entscheiden selbst darüber, ob Sie die Geheimnisse und Tiefen der Sexualität ausloten wollen oder ob Sie mit weniger zufrieden sind. Feiern Sie die Lust am Körper – in Liebe zu sich selbst und zum Gegenüber. Dann freut sich ZauberFrau/SonnenMann in Ihnen.

Verlag Roberto & Philippo · CD · € 15,-

V-37
Gemeinsam statt einsam
Wie sich Singles und Paare aus der Isolation befreien

V-34
Sex mit Herz
Die Lust am Körperlichen in Liebe feiern lernen

Live-Vortrag von ROBERT BETZ

Warum Partner fremdgehen
Über Untreue, Eifersucht, Sex und Liebe

Viele haben die Erfahrung bereits gemacht, andere leben in der Furcht, dass es passieren könnte: Mein Mann mit einer anderen Frau, meine Frau mit einem anderen Mann im Bett. Für die meisten ist es eine emotionale Katastrophe. Eifersucht, Wut, Ohnmacht, Ängste und Verzweiflung wühlen den ‚Betrogenen' auf und führen zu ausgewachsenen Krisen der Beziehung. Warum gehen Menschen fremd, obwohl sie ihre Partner lieben? Welcher Sinn kann im ‚Fremd gehen' liegen und welchen Nutzen kann ein Paar hieraus ziehen? Robert Betz zeigt auf, welcher Segen darin liegen kann, wenn Mann/Frau dem nachgeht, wozu es einen reizt.
Verlag Roberto & Philippo · CD · € 15,-

V-25
Warum Partner fremdgehen
Über Untreue, Eifersucht, Sex und Liebe

BEZIEHUNG & PARTNERSCHAFT
SELBSTLIEBE & LEBENSFEIER

V-38
Lust auf Liebe – Lust auf Lust!
Aufruf zu einem lust- und liebevollen Leben

Live-Vortrag von ROBERT BETZ

Lust auf Liebe – Lust auf Lust!
Aufruf zu einem lust- und liebevollen Leben

In diesem Vortrag geht es um das Leben, die Liebe und die Lust, aber auch um Sexualität. Leben Sie ein lustvolles Leben und welche Rolle spielt die Lust in Ihrem Liebesleben? Die Lust hat im Denken der Menschen im allgemeinen kein hohes Ansehen. Wer lustvoll lieben will, darf sich fragen: Will ich auch ein lustvolles Leben leben? Im Leben der meisten Menschen findet sich wenig Lustvolles, dafür aber umso mehr Leidvolles. Dieser lebendige und humorvolle Vortrag macht Lust auf das Leben und auf die Liebe.
Verlag Roberto & Philippo · CD · € 15,-

Live-Vorträge von Robert Betz

Wie Frauen und Männer zu sich selbst und zueinander finden

Die Beziehung zwischen Mann und Frau ist bei vielen eine „tote" Beziehung, weil sie nicht auf der Liebe basiert. Frauen und Männer haben sich arrangiert, angepasst, verbogen und ihr Herz verraten. Die Frau-Mann-Beziehung steht jetzt im Zentrum der Transformation auf Mutter Erde. Immer mehr Frauen und Männer folgen dem Ruf ihres Herzens und beenden das würdelose und verletzende Spiel, das sie schon bei ihren Eltern sahen. Sie entscheiden sich für Wahrhaftigkeit, Selbstwertschätzung und für einen würdigenden Abstand zum anderen.

Verlag Roberto & Philippo · CD · € 15,-

Wer liebt der leidet nicht!
Warum Liebespartner sich das Leben oft so schwer machen

In sog. Liebesbeziehungen erfahren unzählige Menschen unendlich viel Schmerz, Enttäuschung und Leid. Menschen versuchen immer wieder, den Einen oder die Eine zu finden und mit ihm eine Beziehung zu leben, in der sie offen oder insgeheim hoffen, der andere möge sie glücklich machen. Robert Betz stellt in diesem Vortrag unsere Vorstellungen über Beziehung, Partnerschaft und Liebe radikal in Frage. Er bietet viele Anstöße zu einem neuen Denken und Handeln in Beziehungen, damit der Kreislauf des Leidens unterbrochen werden kann. Ein Mut machender, erfrischender und praktisch umsetzbarer Vortrag.

Verlag Roberto & Philippo · Doppel-CD · € 20,-

Zu bestellen über **www.robert-betz.de**